MÉMOIRE DE MES PUTAINS TRISTES

Paru dans Le Livre de Poche :

L'AMOUR AUX TEMPS DU CHOLÉRA

L'AUTOMNE DU PATRIARCHE

CHRONIQUE D'UNE MORT ANNONCÉE

DE L'AMOUR ET AUTRES DÉMONS

DOUZE CONTES VAGABONDS

LES FUNÉRAILLES DE LA GRANDE MÉMÉ

LE GÉNÉRAL DANS SON LABYRINTHE

JOURNAL D'UN ENLÈVEMENT

LA MALA HORA

VIVRE POUR LA RACONTER

GABRIEL GARCÍA MÁRQUEZ

Mémoire de mes putains tristes

ROMAN TRADUIT DE L'ESPAGNOL (COLOMBIE)
PAR ANNIE MORVAN

GRASSET

Titre original :

MEMORIA DE MIS PUTAS TRISTES
Publié par Grupo Editorial Random House Mondadori, S.L.

ISBN : 2-253-11684-X – 1re publication – LGF
ISBN : 978-2-253-11684-4 – 1re publication – LGF

« Et veuillez éviter, je vous en prie, les taquineries de mauvais goût ! N'essayez pas de mettre les doigts dans la bouche de la petite qui dort ! Ça ne serait pas convenable ! » recommanda l'hôtesse au vieil Eguchi.

YASUNARI KAWABATA,
Les Belles Endormies.

1

L'année de mes quatre-vingt-dix ans, j'ai voulu m'offrir une folle nuit d'amour avec une adolescente vierge. Je me suis souvenu de Rosa Cabarcas, la patronne d'une maison close qui avait pour habitude de prévenir ses bons clients lorsqu'elle avait une nouveauté disponible. Je n'avais jamais succombé à une telle invitation ni à aucune de ses nombreuses tentations obscènes, mais elle ne croyait pas à la pureté de mes principes. La morale aussi est une affaire de temps, disait-elle avec un sourire malicieux, tu verras. Elle était un peu plus jeune que moi, et je ne savais rien d'elle depuis tant d'années qu'elle aurait pu aussi bien être morte. Pourtant, au premier Allô j'ai reconnu la voix au bout du fil et j'ai déclaré sans préambule : « Aujourd'hui, oui ! »

Ah, mon pauvre vieux, a-t-elle soupiré, tu disparais pendant vingt ans et tu ne reviens que pour demander l'impossible. Retrouvant aussitôt la maîtrise de sa profession, elle m'a fait une demi-douzaine de propositions délicieuses mais, il faut bien le dire, toutes de seconde main. Je lui ai dit non, que ce devait être une pucelle et pour le soir même. Inquiète, elle m'a demandé : Que veux-tu te prouver ? Rien, ai-je répondu, piqué au vif, je sais très bien ce que je peux et ce que je ne peux pas. Impassible, elle a répliqué que les vieux savent tout, sauf ce qu'ils ne savent pas : il ne reste de Vierge en ce monde que ceux qui, comme toi, sont nés au mois d'août. Pourquoi ne m'as-tu pas passé ta commande plus tôt ? L'inspiration ne prévient pas, ai-je répondu. Mais elle attend peut-être, a-t-elle rétorqué, comme toujours plus avisée que les hommes, et elle m'a demandé au moins deux jours pour passer le marché au crible. Très sérieux, j'ai déclaré que dans une affaire comme celle-ci, à mon âge, chaque heure est une année. Alors c'est impossible, a-t-elle dit sans l'ombre d'une hésitation, mais peu importe, c'est plus excitant comme ça, nom de dieu, je te rappelle dans une heure.

Inutile de le dire, car on le voit à des kilomètres : je suis laid, timide et anachronique. Mais à force de ne pas vouloir le reconnaître, j'ai fini par simuler tout le contraire. Jusqu'à aujourd'hui, où j'ai décidé de ma propre volonté de me livrer tel que je suis, ne serait-ce que pour soulager ma conscience. J'ai commencé par ce coup de téléphone insolite à Rosa Cabarcas, parce qu'avec le recul je vois bien à présent qu'il a marqué le début d'une nouvelle vie, à un âge où la plupart des mortels sont morts.

J'habite une maison coloniale sur la bordure ensoleillée du parc San Nicolás, où j'ai passé tous les jours de ma vie sans femme ni fortune, où mes parents ont vécu et trépassé et où j'ai l'intention de mourir dans le lit où je suis né, seul et un jour que je voudrais lointain et indolore. Mon père l'avait achetée dans une vente aux enchères à la fin du XIXe siècle, avait loué le rez-de-chaussée à un groupe d'Italiens qui l'ont transformé en magasin de luxe, et s'était réservé l'étage pour vivre heureux avec la fille de l'un d'entre eux, Florentina de Dios Cargamantos, interprète remarquable de Mozart, polyglotte et garibaldienne, la femme la plus belle et la plus talentueuse que la ville ait jamais connue : ma mère.

La maison est grande et lumineuse, avec des arcades en stuc, des sols dallés de mosaïques florentines et quatre portes-fenêtres donnant sur un long balcon où ma mère s'asseyait les soirs de mars pour chanter des arias d'amour avec ses cousines italiennes. De là, on voit le parc San Nicolás avec la cathédrale et la statue de Christophe Colomb, et plus loin les docks du port fluvial et le vaste horizon du Magdalena encore à vingt lieues de son estuaire. Tout ce que la maison a d'ingrat, c'est le soleil qui, au fil de la journée, change de fenêtres qu'il faut toutes fermer si l'on veut faire la sieste dans la pénombre ardente. A trente-deux ans, quand je suis resté seul, je me suis installé dans ce qui avait été la chambre de mes parents, j'ai fait percer une porte donnant sur la bibliothèque et j'ai commencé à vendre à l'encan tout ce qui ne m'était pas indispensable pour vivre, c'est-à-dire presque tout, sauf les livres et le Pianola à rouleaux.

Pendant quarante ans j'ai été bâtonneur de dépêches au *Diario de La Paz*, ce qui consistait à reconstruire et à compléter en prose locale les nouvelles du monde que nous attrapions au vol dans l'espace sidéral, sur les ondes courtes ou en morse. Aujourd'hui, je vis tant bien que mal grâce à ma retraite de ce métier disparu : je vis moins bien de celle de professeur de grammaire espagnole et latine, à peine de la chronique dominicale que j'écris sans relâche depuis plus d'un demi-siècle, et pas du tout des gazettes musicales ou théâtrales que l'on me fait la grâce de publier toutes les fois que se produisent des interprètes célèbres. Je n'ai jamais rien fait d'autre qu'écrire, mais je n'ai ni la vocation ni le talent d'un narrateur, j'ignore tout des règles de la composition dramatique, et si je me suis embarqué dans cette entreprise c'est parce que je m'en remets à la lumière de tout ce que j'ai lu dans ma vie. Pour parler cru, je dirais que je suis un chien de race sans mérites ni lustre, qui n'a rien à léguer à sa descendance hormis les faits que je me propose de relater comme je le peux dans ce Mémoire de mon grand amour.

Le jour de mes quatre-vingt-dix ans je me suis réveillé à cinq heures du matin, comme toujours. Ma seule obligation, puisqu'on était vendredi, était d'écrire l'article portant ma signature que *El Diario de La Paz* publie chaque dimanche. A l'aube, tous les symptômes s'étaient ligués pour m'empêcher d'être heureux : les os me faisaient mal depuis le milieu de la nuit, j'avais le cul en feu, et des roulements de tonnerre annonçaient un orage après trois mois de sécheresse. Je me suis lavé pendant que le café passait, j'en ai bu une tasse, sucré avec du miel et accompagné de deux galettes de maïs, et j'ai enfilé la salopette en toile que je porte à la maison.

Le sujet de l'article de ce jour-là était, bien sûr, mes quatre-vingt-dix ans. Je n'ai jamais songé à l'âge comme à l'eau qui goutte d'un toit et nous indique le temps qu'il nous reste à vivre. Dès ma plus tendre enfance j'ai entendu dire que, lorsque quelqu'un meurt, les poux que couvent ses cheveux s'enfuient terrorisés sur les oreillers, à la grande honte de la famille. J'en ai tiré une telle leçon que je me suis laissé tondre comme un œuf pour aller à l'école, et aujourd'hui encore je saupoudre les quelques mèches qui me restent avec de la Marie-Rose. Ce qui signifie, me dis-je à présent, que dès mon plus jeune âge le sentiment de la pudeur devant les autres l'a emporté sur celui de la mort.

Depuis plusieurs mois, j'avais prévu que ma chronique à propos de mon anniversaire ne serait pas les lamentations de rigueur sur les années enfuies, mais tout le contraire : une glorification de la vieillesse. J'ai commencé par me demander quand j'avais eu conscience d'être vieux, et il m'a semblé que c'était très peu de temps avant ce jour mémorable. A l'âge de quarante-deux ans, j'étais allé consulter un médecin pour une douleur dans le dos qui m'empêchait de respirer. Il n'y avait pas accordé d'importance : c'est une douleur normale à votre âge.

« Dans ce cas, lui avais-je répondu, ce qui n'est pas normal c'est mon âge. »

Le médecin m'avait adressé un sourire de compassion en me disant : Je vois que vous êtes philosophe. C'était la première fois que j'associais mon âge à la vieillesse, mais je n'ai pas tardé à l'oublier. Je me suis habitué à me réveiller chaque matin avec une douleur différente qui changeait de place et de forme à mesure que les années passaient. Parfois je croyais sentir la patte griffue de la mort, mais le lendemain elle avait disparu. Vers cette époque, j'avais entendu dire que le premier symptôme de la vieillesse c'est quand on commence à ressembler à son père. Je dois être condamné à une jeunesse éternelle, avais-je alors pensé, parce que mon profil chevalin ne ressemblera jamais à celui de pur Caraïbe de mon père ni à celui, impérial et romain, de ma mère. En vérité, les premiers changements sont si lents qu'on les remarque à peine, on continue à se voir de l'intérieur tel qu'on a toujours été, alors que les autres les découvrent de l'extérieur.

Dans la cinquantaine, alors que je me représentais à peine ce qu'est la vieillesse, j'ai constaté mes premiers trous de mémoire. J'arpentais la maison à la recherche de mes lunettes et je découvrais que je les avais sur le nez, ou je les portais sous la douche, ou je mettais celles pour voir de près sans ôter celles pour voir de loin. Un jour, j'ai pris deux petits déjeuners parce que j'avais oublié le premier, puis j'ai appris à discerner l'inquiétude de mes amis qui n'osaient pas me dire que je leur racontais la même histoire que la semaine précédente. J'avais alors en tête une liste de visages connus et une autre avec les noms de chacun, mais au moment de saluer je ne parvenais pas à faire coïncider les visages et les noms.

Mon âge sexuel ne m'a jamais inquiété, parce que ma vigueur dépendait moins de moi que d'elles, et qu'elles savent le comment et le pourquoi quand elles veulent. Aujourd'hui, je ris des gamins de quatre-vingts ans qui vont consulter le médecin, affolés par ces tressaillements, sans savoir qu'à quatre-vingt-dix ans c'est pire, mais qu'importe : ce sont les inconvénients d'être toujours en vie. En revanche, que les vieux perdent la mémoire des choses qui ne sont pas essentielles et gardent presque toujours celle des choses qui les intéressent le plus est une victoire de la vie. Cicéron l'a illustré d'un trait de plume : *Il n'est point d'ancien qui n'oublie où il a caché son trésor.*

Sur ces réflexions, et quelques autres encore, j'avais achevé un premier brouillon de ma note, quand le soleil d'août a jailli entre les amandiers du parc et que le bateau fluvial de la poste, en retard d'une semaine à cause de la sécheresse, est entré en mugissant dans le chenal du port. J'ai pensé : voilà mes quatre-vingt-dix ans qui arrivent. Je ne saurai jamais et ne prétends pas savoir pourquoi c'est comme envoûté par cette évocation terrifiante que j'ai décidé de téléphoner à Rosa Cabarcas, afin qu'elle m'aide à célébrer mon anniversaire par une nuit de libertinage. Je vivais depuis des années dans une sainte paix avec mon corps, me consacrant à la relecture erratique de mes classiques et à mes programmes personnels de musique, mais le désir que j'ai éprouvé ce jour-là était si impérieux que j'ai cru à un message de Dieu. Après cet appel, je n'ai pu continuer à écrire. J'ai accroché le hamac dans un coin de la bibliothèque où le soleil n'entre pas le matin et m'y suis écroulé, la poitrine oppressée par l'angoisse de l'attente.

J'ai été l'enfant docile d'une mère aux multiples dons, emportée à cinquante ans par la phtisie, et d'un père formaliste que nul n'a jamais vu commettre une erreur, mort dans son lit de veuf le jour où la signature du traité de Hollande a mis fin à la guerre des Mille Jours et à tant d'autres guerres du siècle précédent. La paix a changé la ville en quelque chose que l'on n'avait ni prévu ni souhaité. Une foule de femmes libres ont enrichi jusqu'au délire les vieilles cantines de la rue Ancha, appelée plus tard promenade Abello et aujourd'hui paseo Colón, dans cette ville chère à mon âme et si appréciée des autochtones et des étrangers à cause des bonnes manières de ses habitants et de la pureté de sa lumière.

Je n'ai jamais couché avec une femme sans la payer, et les quelques-unes qui n'étaient pas du métier, je les ai convaincues de prendre l'argent de gré ou de force, même si c'était pour le jeter à la poubelle. A vingt ans, j'ai commencé à dresser une liste avec leur nom, leur âge, le lieu et un bref récapitulatif des circonstances et de l'exécution. Quand j'ai eu cinquante ans, elle contenait cinq cent quatorze noms de femmes avec lesquelles j'avais couché au moins une fois. J'ai arrêté de remplir la liste quand mon corps n'y a plus suffi et que je n'ai plus eu besoin de papier pour tenir mes comptes. J'avais ma propre éthique. Je n'ai jamais participé à des réjouissances de groupe ni affiché de liaison sur la place publique, pas plus que je n'ai confié de secrets ni raconté une seule aventure de mon corps ou de mon âme, car très jeune j'ai compris qu'aucune ne reste impunie.

La seule relation singulière a été celle que j'ai entretenue pendant des années avec la fidèle Damiana. C'était presque une enfant, forte, farouche, aux traits indiens, qui parlait peu et bien, et qui se déplaçait pieds nus pour ne pas me déranger pendant que j'écrivais. Je me souviens que je lisais *La Belle Andalouse* dans le hamac de la galerie, quand je l'ai vue par hasard penchée au-dessus du lavoir avec une jupe si courte qu'elle découvrait la succulence de ses courbes. Pris d'une fièvre irrésistible, je la lui ai relevée, j'ai baissé sa culotte jusqu'aux genoux et l'ai prise par-derrière. Aïe, monsieur, a-t-elle dit dans une plainte lugubre, c'est pas une entrée, ça, mais une sortie. Un tremblement profond a secoué son corps, mais elle a tenu bon. Humilié de l'avoir humiliée, j'ai voulu la payer le double de ce que coûtaient les plus chères de l'époque, mais elle n'a pas accepté un sou et j'ai dû augmenter son salaire du prix d'une saillie par mois, toujours quand elle lavait le linge et toujours dans le mauvais sens.

J'ai pensé quelquefois que le compte de mes coucheries ferait une bonne introduction au récit des misères de ma vie dissolue, et le titre m'est tombé du ciel : *Mémoire de mes putains tristes*. Ma vie publique, en revanche, manquait d'intérêt : orphelin de père et de mère, célibataire sans avenir, journaliste médiocre quatre fois finaliste des Jeux floraux de Cartagène des Indes et favori des caricaturistes pour ma laideur exemplaire. C'est-à-dire : une vie gâchée qui a mal commencé le soir où, quand j'avais dix-neuf ans, ma mère m'avait pris par la main pour voir si elle pourrait faire publier dans *El Diario de La Paz* une chronique de la vie scolaire que j'avais écrite en classe d'espagnol et de rhétorique. Elle a paru le dimanche suivant accompagnée d'un exorde plein d'espoir du directeur. Des années plus tard, quand j'ai appris que ma mère avait payé la publication et les sept qui ont suivi, il était déjà trop tard pour que j'en éprouve de la honte, car ma colonne hebdomadaire volait de ses propres ailes, et j'étais en outre bâtonneur de dépêches et critique musical.

Après avoir obtenu mon baccalauréat avec mention très bien, j'ai commencé à donner des cours de latin et d'espagnol dans trois collèges publics en même temps. J'ai été un mauvais maître, sans formation, sans vocation et sans compassion aucune pour ces pauvres enfants qui considéraient l'école comme le moyen le plus facile d'échapper à la tyrannie de leurs parents. La seule chose que j'ai pu faire pour eux a été de les maintenir sous la terreur de ma règle de bois, afin qu'ils retiennent au moins de moi ce poème choisi : *Ce que tu vois à présent, Fabio, ô douleur, étendues désolées, crêtes mélancoliques, fut jadis l'Italie glorieuse*. Ce n'est que dans ma vieillesse que j'ai appris par hasard le méchant surnom que mes élèves me donnaient à mon insu : *Professeur Crétin mélancolique*.

C'est tout ce que m'a donné la vie et je n'ai rien fait pour en obtenir plus. Je déjeunais seul entre deux cours, et à six heures j'entrais à la rédaction du journal pour capter les signaux de l'espace sidéral. A onze heures du soir, au moment du bouclage, ma vraie vie commençait. Je dormais dans le Barrio Chino deux ou trois fois par semaine, en changeant si souvent de compagnie que j'ai été couronné à deux reprises client de l'année. Après avoir dîné au café Roma, je choisissais un bordel au hasard et entrais à la dérobée par la porte de derrière. Je l'empruntais par plaisir, mais cela a fini par faire partie de mon métier grâce à la langue bien pendue des grands manitous de la politique qui dévoilaient les secrets d'Etat à leurs amantes d'une nuit, sans imaginer que l'opinion publique les écoutait à travers les cloisons de carton. C'est ainsi, eh oui, que j'ai découvert qu'on attribuait mon célibat inconsolable à une pédérastie nocturne qui se repaissait de petits orphelins de la rue du Crime. J'ai eu la chance de l'oublier, entre autres parce que je savais qu'on disait aussi du bien de valait.

Je n'ai jamais eu de grands amis, et les quelques-uns qui m'étaient proches sont à New York. C'est-à-dire : morts, car c'est là, je suppose, que vont les âmes en peine incapables d'assumer la vérité de leur vie passée. Depuis que je suis à la retraite j'ai peu à faire, à part porter mes articles au journal le vendredi après-midi, ou remplir quelques devoirs d'un certain prestige : concerts au théâtre de Bellas Artes, expositions de peinture au Centre artistique, dont je suis membre fondateur, une ou deux conférences à la Société de Mejoras Públicas, ou un grand événement comme la saison Fábregas au Théâtre Apollo. Dans ma jeunesse, j'allais aux séances de cinéma en plein air, où l'on pouvait être surpris par une éclipse de lune aussi bien que par une averse intempestive suivie d'une double pneumonie. Plus que les films, c'était les oiselles de nuit qui m'intéressaient car elles couchaient ou gratis ou à crédit ou pour le prix d'une entrée. En réalité, le cinéma n'est pas ma tasse de thé. Le culte obscène de Shirley Temple a été la goutte d'eau qui a fait déborder le vase.

Pour tout voyage, je ne suis allé que quatre fois aux Jeux floraux de Cartagène des Indes avant mes trente ans, et j'ai passé une nuit épouvantable dans un bateau à moteur, invité par Sacramento Montiel à l'inauguration d'un de ses bordels à Santa Marta. Quant à ma vie domestique, je mange peu et suis facile à contenter. Lorsque Damiana est devenue vieille, plus personne n'a fait la cuisine à la maison, et mon seul repas régulier consiste depuis lors en une omelette aux pommes de terre au café Roma après le bouclage du journal.

C'est ainsi qu'à la veille de mes quatre-vingt-dix ans je n'ai pas déjeuné, et que dans l'attente des nouvelles de Rosa Cabarcas je n'ai pu me concentrer sur ma lecture. Les cigales chantaient à en crever dans la chaleur de deux heures de l'après-midi, et les passages du soleil par les fenêtres ouvertes m'ont forcé à changer trois fois le hamac de place. Il m'avait toujours semblé que le jour de mon anniversaire était parmi les plus chauds de l'année et je m'étais habitué à le supporter, mais ce jour-là le cœur n'y était pas. A quatre heures, j'ai tenté de me calmer avec les suites pour violoncelle de Jean-Sébastien Bach, dans la version définitive de don Pablo Casals. Elles sont, à mon avis, ce que la musique classique a de plus savant, mais au lieu de m'apaiser comme de coutume elles m'ont laissé dans un état de prostration de la pire espèce. Je me suis endormi en écoutant la seconde, que je trouve un peu indolente, et j'ai confondu dans mon rêve la plainte du violoncelle avec celle d'un bateau triste en partance. Presque au même instant le téléphone m'a réveillé, et la voix éraillée de Rosa Cabarcas m'a rendu à la vie. Tu as une chance de cocu, a-t-elle dit. J'ai trouvé une môme encore mieux que ce que tu voulais, mais il y a un hic : elle a à peine quatorze ans. Ça m'est égal de changer des couches, ai-je plaisanté, sans comprendre ses sous-entendus. Je ne dis pas ça pour toi mais pour moi, a-t-elle rétorqué : qui paiera les trois ans de prison ?

Personne, bien sûr, et surtout pas elle. Elle choisissait parmi les mineures qui venaient faire commerce de leurs charmes dans sa boutique, et elle les instruisait et les pressurait jusqu'à ce que, diplômées en putasserie, elles entrent dans la pire des vies au bordel historique d'Eufemia la Noire. Elle n'avait jamais payé une amende, parce que sa maison était l'Arcadie des autorités locales, depuis le gouverneur jusqu'au dernier fripon de la mairie, et il était inimaginable que la patronne n'eût pas tous les pouvoirs pour commettre des délits à sa guise. De sorte que ses scrupules de dernière heure ne devaient lui servir qu'à tirer avantage de ses services : d'autant plus chers qu'ils étaient plus répréhensibles. Le différend s'est réglé par une augmentation de deux pesos pour le service, et nous sommes convenus que le soir même, à dix heures, je serais chez elle avec une avance de cinq pesos en liquide. Pas une minute plus tôt, car la petite devait faire manger ses frères, les mettre au lit et coucher sa mère percluse de rhumatismes.

J'avais quatre heures devant moi. A mesure qu'elles s'écoulaient, mon cœur se gonflait d'une écume acide qui m'empêchait de respirer. J'ai fait un effort stérile pour passer le temps en accomplissant les formalités de ma toilette. Rien de nouveau, il est vrai, puisque même Damiana dit que je m'habille avec le rituel d'un évêque. Je me suis coupé avec mon rasoir à main, j'ai dû attendre que l'eau de la douche refroidisse dans le tuyau chauffé par le soleil, et le simple effort de me sécher avec la serviette m'a fait transpirer de nouveau. J'ai mis des vêtements adaptés à mon aventure nocturne : costume de lin blanc, chemise à rayures bleues au col durci par l'empesage, cravate en soie de Chine, bottines ravivées au blanc de zinc, et montre en or fin avec sa chaîne attachée à la boutonnière. A la fin, j'ai replié l'ourlet des jambes du pantalon pour qu'on ne remarque pas que j'avais rapetissé de plusieurs pouces.

J'ai une réputation de pingre, car personne ne peut imaginer que je sois si pauvre en habitant là où j'habite, et il est vrai qu'une nuit comme celle-là était très au-dessus de mes moyens. Du coffre de mes économies glissé sous le lit j'ai retiré deux pesos pour la chambre, quatre pour la patronne, trois pour la petite et cinq que je réservais pour mon dîner et autres menues dépenses. Soit les quatorze pesos que le journal me paye pour un mois de chroniques dominicales. Je les ai cachés dans la poche secrète de ma ceinture et je me suis parfumé avec le vaporisateur d'Eau de Floride de Lanman & Kemp Barclay & Co. Alors, pris d'une terreur panique, au premier coup de huit heures j'ai descendu à tâtons l'escalier plongé dans l'obscurité, suant de peur, et je suis sorti dans la nuit radieuse de mes expectatives.

Le temps s'était rafraîchi. Sur le paseo Colón, des groupes d'hommes discutaient de football à grands cris, entre les taxis à l'arrêt en file indienne au milieu de la chaussée. Une fanfare jouait une valse langoureuse sous les gliricidias en fleur de la promenade. Une des petites putes misérables qui chassent les clients occasionnels dans la rue des Notaires m'a demandé comme d'habitude une cigarette et je lui ai répondu comme toujours : J'ai arrêté de fumer il y a aujourd'hui trente-trois ans, deux mois et dix-sept jours. En passant devant El Alambre de Oro je me suis contemplé dans les vitrines illuminées et je ne me suis pas vu tel que je me sentais, mais plus vieux et plus mal vêtu.

Peu avant dix heures, j'ai hélé un taxi et demandé au chauffeur de me conduire au cimetière Universal, pour qu'il ne sache pas où j'allais en réalité. Il m'a jeté un regard amusé dans le rétroviseur et m'a dit : Vous avez failli me faire peur, grand-père, j'espère que Dieu me gardera en aussi bonne forme que vous. Nous sommes descendus ensemble devant le cimetière car il n'avait pas de monnaie, et nous avons dû en faire à La Tumba, une cantine indigente où les ivrognes du petit matin viennent pleurer leurs morts. Une fois la course réglée, le chauffeur m'a dit, très sérieux : Faites attention, monsieur, la maison de Rosa Cabarcas n'est même plus l'ombre de ce qu'elle a été. Je n'ai pu faire moins que le remercier, convaincu comme tout un chacun qu'il n'y a pas de secret sur terre que les chauffeurs du paseo Colón ignorent.

J'ai pénétré dans un quartier pauvre qui n'avait rien à voir avec celui que j'avais connu autrefois. C'étaient les mêmes rues de sable chaud, larges, bordées de maisons en planches de bois brut, avec leurs portes ouvertes, leurs toits de palmes amères et leurs patios de terre caillouteuse. Mais les gens avaient perdu la quiétude. Le vendredi, dans la plupart des maisons on faisait la nouba, et le tintamarre retentissait à tout rompre jusque dans les entrailles. Pour la somme de cinquante centavos chacun pouvait entrer là où la fête lui plaisait le plus, mais il pouvait tout aussi bien danser à l'œil au bord du trottoir. Je marchais en rasant les murs dans mes habits de jouvenceau, mais personne ne m'a prêté attention sauf un mulâtre décharné qui somnolait assis devant la porte d'une maison.

— Bonsoir docteur, m'a-t-il lancé de tout son cœur, joyeuse baise !

Que pouvais-je faire sinon le remercier ? J'ai dû m'arrêter deux ou trois fois pour reprendre mon souffle avant d'arriver en haut de la dernière côte. De là, j'ai aperçu l'énorme lune cuivrée qui montait à l'horizon, et une urgence imprévue du ventre m'a fait craindre pour mon sort, mais elle a disparu. A l'extrémité de la rue, là où le quartier se transforme en un bois d'arbres fruitiers, je suis entré dans le magasin de Rosa Cabarcas.

On aurait dit quelqu'un d'autre. Elle avait été la maquerelle la plus discrète et de ce fait la plus connue. Une grande et forte femme que nous voulions sacrer capitaine des pompiers, tant pour sa corpulence que pour son efficacité à éteindre les flammes de la clientèle. Mais la solitude lui avait rabougri le corps, ratatiné la peau et effilé la voix avec tant d'ingéniosité qu'elle avait l'air d'une petite vieille. De jadis, il ne lui restait que des dents parfaites, dont une couronnée d'or, par coquetterie. Elle portait encore le deuil de son mari, mort après cinquante ans de vie commune, et l'accentuait avec une espèce de bonnet noir, à cause du décès du fils unique qui l'assistait dans ses manigances. Seuls étaient vivants les yeux diaphanes et cruels, et ce sont eux qui m'ont fait comprendre qu'elle n'avait pas changé de caractère.

La boutique avait un éclairage blafard au plafond, et il n'y avait presque rien à vendre dans les placards qui ne servaient même pas à dissimuler un commerce avoué que tout le monde connaissait et que personne ne reconnaissait. Quand je suis entré sur la pointe des pieds, Rosa Cabarcas était occupée avec un client. J'ignore si elle ne m'a pas reconnu ou si elle a fait semblant de ne pas me reconnaître pour sauver les apparences. En attendant qu'elle termine ce qu'elle avait à faire, je me suis assis et j'ai essayé de reconstituer de mémoire ce qu'elle avait été. Elle m'avait plus d'une fois sauvé la mise quand nous étions tous les deux encore fringants. Sans doute a-t-elle lu dans mes pensées, parce qu'elle s'est tournée vers moi et m'a examiné avec une intensité alarmante. Tu n'as pas changé, a-t-elle dit dans un soupir de tristesse. J'ai voulu lui retourner le compliment : toi si, mais en mieux. Je ne plaisante pas, a-t-elle ajouté, tu as même retrouvé ta tête de cheval mort. C'est peut-être parce que j'ai changé d'écurie, ai-je répliqué, moqueur. Elle s'est enhardie. Si je me souviens bien, tu avais une trique de forçat. Comment va-t-elle ? J'ai pris la tangente : La seule différence depuis qu'on ne se voit plus c'est que parfois j'ai le cul en feu. Son diagnostic a été immédiat : manque d'usage. Je ne m'en sers que pour ce que Dieu l'a fait, ai-je dit, mais c'était vrai qu'il me brûlait depuis un bout de temps et toujours pendant la pleine lune. Rosa a fouillé dans son tiroir de mercière, puis débouché un petit pot de pommade verte qui sentait l'arnica. Dis à la petite de te l'enduire avec son doigt, comme ça, m'a-t-elle montré en remuant l'index en un geste éloquent et osé. Je lui ai répliqué que grâce à Dieu je pouvais encore me défendre sans pommade de bonne femme. Elle s'est moquée de moi : D'accord, *maestro*, pardonne-moi. Et elle est entrée dans le vif du sujet.

La petite est dans la chambre depuis dix heures ; elle est belle, propre, bien élevée, mais morte de peur parce qu'une de ses amies qui s'est enfuie avec un docker de Gayra s'est vidée de son sang en deux heures. Mais bon, a ajouté Rosa, on sait bien que ceux de Gayra ont la réputation de faire chanter les mules. Pauvre petite, a-t-elle poursuivi, en plus elle travaille toute la journée à coudre des boutons dans un atelier. Je ne trouvais pas que ce fût un métier très dur. Les hommes croient ça, a-t-elle répliqué, mais c'est pire que de casser des cailloux. Elle m'a avoué qu'elle avait administré à la petite une boisson au bromure et à la valériane, et qu'à présent elle dormait. J'ai craint que la pitié ne soit une autre de ses manigances pour augmenter son prix, mais non, m'a-t-elle juré, ma parole est d'or. Et mes règlements stricts : chaque chose payée à part, en monnaie sonnante et à l'avance. Sitôt dit sitôt fait.

Je l'ai suivie dans le patio, attendri par sa peau flétrie et la peine qu'elle avait à marcher à cause de ses jambes gonflées dans les bas de coton grossier. Au milieu du ciel, la lune était en son plein et le monde semblait englouti dans une eau verte. Près de la boutique, il y avait un abri recouvert de palmes pour les bamboulas des fonctionnaires, avec de nombreux tabourets en cuir et des hamacs accrochés aux montants. Dans l'arrière-cour, à la lisière du bois d'arbres fruitiers, une galerie menait à six chambres en pisé nu dont les fenêtres étaient tendues de grosse toile à cause des moustiques. Une lumière douce éclairait la seule qui était occupée, et Toña la Negra chantait à la radio une chanson d'amour qui finit mal. Rosa Cabarcas a respiré un grand coup : Le boléro, c'est la vie. J'étais d'accord, mais jusqu'à présent je n'avais jamais osé l'écrire. Elle a poussé la porte, est entrée un instant pour ressortir aussitôt. Elle est toujours endormie, a-t-elle dit. Tu ferais bien de la laisser se reposer tout son saoul, ta nuit sera plus longue que la sienne. J'étais troublé : Et qu'est-ce que je dois faire ? A toi de voir, a-t-elle répondu avec un flegme hors de propos, tu n'es pas vieux pour rien. Elle a fait demi-tour et m'a laissé seul avec ma terreur.

Il n'y avait pas d'échappatoire. Je suis entré dans la chambre le cœur en tumulte et j'ai vu la petite endormie, nue et désarmée sur l'énorme lit, telle que sa mère l'avait mise au monde. Elle reposait sur le côté, face à la porte, sous la lumière intense du plafonnier qui n'épargnait aucun détail. Je me suis assis au bord du lit pour la contempler, les cinq sens comme ensorcelés. Elle était brune et tiède. On l'avait soumise à une cure d'hygiène et de beauté qui n'avait rien négligé, pas même la toison naissante du pubis. On lui avait frisé les cheveux, et les ongles de ses pieds et de ses mains étaient recouverts d'un vernis incolore, mais sa peau couleur de mélasse avait un aspect rêche et abîmé. Les seins, à peine éclos, ressemblaient encore à ceux d'un petit garçon mais on les sentait gorgés d'une énergie secrète sur le point d'éclater. Ses grands pieds, comme faits pour se déplacer à pas feutrés, avec des orteils longs et sensibles qui ressemblaient aux doigts d'une main, étaient ce qu'elle avait de plus beau. Elle était trempée d'une sueur phosphorescente malgré le ventilateur, et la chaleur devenait insupportable à mesure que la nuit avançait. Sous l'épaisse couche de poudre de riz et les deux emplâtres de rouge sur les joues, avec les faux cils, les sourcils et les paupières comme passés au noir de fumée et les lèvres agrandies par un brillant couleur chocolat, il était impossible d'imaginer son visage tant il semblait peinturluré à grands coups de pinceau. Mais ni le maquillage ni l'épilage ne parvenaient à dissimuler sa personnalité : le nez altier, les sourcils rapprochés, les lèvres ardentes. Un tendre taureau de combat, ai-je pensé.

A onze heures, j'ai procédé à mes ablutions de routine dans le cabinet de toilette, où ses vêtements de pauvresse étaient pliés sur une chaise avec une délicatesse de riche : une robe d'étamine imprimée de papillons, une culotte jaune en calicot et des espadrilles. Posés sur les vêtements, il y avait un bracelet de pacotille et une petite chaîne très fine avec une médaille de la Sainte Vierge et, sur la tablette du lavabo, une pochette contenant un bâton de rouge, un étui à maquillage, une clé et quelques pièces de monnaie. Le tout si bon marché et gâté par l'usage que je ne pouvais me figurer plus pauvre qu'elle.

Je me suis déshabillé et j'ai accroché du mieux possible mes habits à la patère, afin de ne pas froisser la soie de ma chemise et le lin de mon costume. J'ai uriné dans la cuvette des waters, assis, comme me l'avait appris Florina de Dios quand j'étais petit pour ne pas mouiller les bords, et, en toute modestie, d'un jet immédiat et continu de poulain sauvage. Avant de regagner la chambre, je me suis penché sur le miroir au-dessus du lavabo. Le cheval qui me regardait de l'autre côté n'était pas mort mais lugubre, avec un menton à étages, des paupières bouffies et sur le caillou quelques poils qui avaient été autrefois une crinière de musicien.

— Merde, lui ai-je-dit, qu'est-ce que je vais faire si tu ne m'aimes pas ?

Ne voulant pas la réveiller, je me suis assis tout nu sur le lit, les yeux à présent habitués à l'imposture de la lumière rouge et je l'ai examinée pouce par pouce. Du bout de l'index j'ai parcouru sa nuque trempée de sueur, tout en elle a frissonné comme un accord de harpe, elle s'est tournée vers moi en grognant et m'a enveloppé de son souffle acide. Je lui ai pincé le nez entre le pouce et l'index, elle a regimbé, a secoué la tête et m'a tourné le dos sans se réveiller. Obéissant à une tentation imprévue, du genou j'ai essayé de lui écarter les jambes. Elle a résisté aux deux premières tentatives en serrant les cuisses. Je lui ai chanté à l'oreille *Un ange veille sur le lit où Delgadina s'est endormie*. Elle s'est détendue. Un courant chaud est monté dans mes veines et mon lent animal à la retraite s'est éveillé de son long sommeil.

Delgadina, mon âme, l'ai-je supplié, anxieux. Delgadina. Elle a poussé un gémissement lugubre, s'est échappée de mes cuisses, m'a tourné le dos et s'est recroquevillée comme un escargot dans sa coquille. La potion de valériane devait être aussi efficace sur elle que sur moi, car il ne nous est rien arrivé, ni à elle ni à moi. Mais cela m'était égal. A quoi bon la réveiller, me suis-je demandé, humilié, triste et plus froid qu'une limace.

Les douze coups de minuit ont sonné, nets, inéluctables, annonçant le début du 29 août, jour du martyre de saint Jean-Baptiste. Quelqu'un pleurait à grands cris dans la rue, et personne ne s'en inquiétait. Au cas où il en aurait eu besoin j'ai prié pour lui, et pour moi aussi, en disant une action de grâces pour les bienfaits reçus : *Que nul ne s'abuse, non, en pensant que doit durer ce qu'il espère bien plus que ce qu'il a vu.* La petite a gémi dans son sommeil et j'ai prié aussi pour elle : *puisque tout devra passer de même manière.* Puis j'ai éteint la radio et la lumière pour dormir.

Je me suis réveillé tôt sans savoir où j'étais. La petite dormait encore, sur le côté, en position fœtale. J'ai eu la vague impression de l'avoir sentie se lever dans le noir et d'avoir entendu la chasse d'eau, mais j'aurais aussi bien pu l'avoir rêvé. C'était nouveau pour moi. J'ignorais les artifices de la séduction car j'avais toujours choisi mes fiancées d'une nuit au hasard, plus pour leur prix que pour leurs charmes, et nous faisions l'amour sans amour, la plupart du temps à demi vêtus, et toujours dans le noir pour nous imaginer plus beaux que nous ne l'étions. Cette nuit-là, j'ai découvert le plaisir invraisemblable de contempler le corps d'une femme endormie sans l'urgence du désir ni les inconvénients de la pudeur.

Je me suis levé à cinq heures, préoccupé par ma chronique dominicale qui devait être sur la table de la rédaction avant midi. J'ai fait mes besoins ponctuels en ressentant de nouveau les ardeurs de la pleine lune et, au moment de tirer la chasse, j'ai senti que l'amertume du passé s'en allait à l'égout. Quand je suis entré dans la chambre, dispos et habillé, la petite dormait sur le dos dans la lumière conciliatrice de l'aube, en travers du lit, les bras en croix et en pleine possession de sa virginité. Que Dieu te la préserve, ai-je murmuré. J'ai laissé sur l'oreiller tout l'argent qui me restait, le sien et le mien, et je lui ai dit adieu pour toujours en posant un baiser sur son front. La maison, comme tout bordel à l'aube, était ce qui ressemblait le plus au paradis. Je suis sorti par le portail du jardin pour ne croiser personne. Sous le soleil torride de la rue, j'ai commencé à sentir le poids de mes quatre-vingt-dix ans et à compter minute par minute les minutes des nuits qui me restaient avant de mourir.

2

J'écris ce Mémoire dans ce qui reste de la bibliothèque de mes parents, où la persévérance des poissons d'argent ne tardera pas à faire s'écrouler les rayonnages. Au bout du compte, pour ce que j'ai encore à faire dans ce monde, je pourrais me contenter de ma batterie de dictionnaires, des deux premières séries des *Episodios nacionales* de don Benito Pérez Galdós et de *La Montagne magique*, qui m'a appris à comprendre les humeurs de ma mère altérées par la phtisie.

A la différence des autres meubles, et de moi-même, le bureau sur lequel j'écris semble se bonifier avec le temps, parce qu'il a été fabriqué en bois noble par mon grand-père, charpentier de marine. Même quand je n'ai pas besoin d'écrire, je le range chaque matin avec cette discipline désinvolte qui m'a fait perdre tant d'amours. A portée de main j'ai mes livres complices : les deux tomes du *Primer Diccionario Ilustrado* de la Real Academia, dans l'édition de 1903 ; le *Tesoro de la Lengua Castellana o Española* de don Sebastián de Covarrubias ; en cas de doute sémantique, la grammaire de don Andrés Bello, comme il se doit ; le nouveau *Diccionario ideológico* de don Julio Casares, surtout pour les antonymes et les synonymes, le *Vocabolario della Lingua Italiana* de Nicola Zingarelli, pour me rapprocher de la langue de ma mère que j'ai apprise au berceau, et le dictionnaire de latin, que je considère comme ma langue d'origine pour être la mère des deux autres.

A gauche de ma table de travail, j'ai toujours cinq feuilles de papier in quarto pour ma colonne dominicale et la corne avec de la poudre à sécher que je préfère au tampon buvard moderne. A droite, le calmar et le porte-plume à manche en bois et plume d'or, car j'écris encore à la main, de cette calligraphie romantique que m'a enseignée Florina de Dios afin que je ne copie pas celle, académique, de son époux, notaire et comptable agréé jusqu'à son dernier souffle. Il y a longtemps qu'au journal nous avons l'obligation d'écrire à la machine pour mieux calibrer le texte sur les plombs de la linotype et mieux dessiner la maquette, mais je ne me suis jamais fait à cette mauvaise habitude. J'ai continué d'écrire à la main et de transcrire à la machine en picotant les touches comme une poule laborieuse, car j'ai l'honneur ingrat d'être le plus vieil employé. Aujourd'hui, retraité mais invaincu, je jouis du privilège sacré d'écrire chez moi, le téléphone décroché pour que personne ne me dérange, et sans censeur pour épier pardessus mon épaule ce que j'écris.

Je vis sans chiens ni oiseaux ni domestiques, excepté la fidèle Damiana qui m'a prêté les secours les plus invraisemblables, et qui continue de venir une fois par semaine pour faire ce qu'il faut faire, même dans l'état où elle est, cacochyme et la vue courte. Ma mère, sur son lit de mort, m'avait supplié de me marier jeune avec une femme blanche et d'avoir au moins trois enfants dont une petite fille qui porterait son nom, c'est-à-dire celui de sa mère et de sa grand-mère. Je voulais exaucer son vœu, mais j'avais une idée si large de la jeunesse que je n'ai jamais eu l'impression qu'il pouvait être trop tard. Jusqu'au jour où, un midi caniculaire, alors que j'étais chez les Palomares de Castro à Pradomar, je me suis trompé de porte et j'ai surpris Ximena Ortiz, la plus jeune de leurs filles, nue, en train de faire la sieste dans la chambre d'à côté. Elle était allongée, dos tourné à la porte, et le mouvement de sa tête pour me regarder par-dessus son épaule a été si rapide que je n'ai pas eu le temps de m'esquiver. Excusez-moi, ai-je balbutié, sur le point de rendre l'âme. Elle a souri, s'est retournée avec une volupté de gazelle et s'est montrée à moi dans sa complète nudité. Toute la pièce était saturée de son intimité. A vrai dire elle n'était pas tout à fait nue, car elle avait à l'oreille une fleur vénéneuse aux pétales orangés, comme l'Olympia de Manet, et portait, comme elle, une gourmette en or au poignet droit et une rivière de perles menues. Je me suis dit que plus jamais il ne me serait donné de contempler une image si troublante, et aujourd'hui je puis attester que j'avais vu juste.

J'ai claqué la porte, honteux de ma maladresse et déterminé à l'oublier. Mais Ximena Ortiz m'en a empêché. Elle m'envoyait des messages par l'intermédiaire d'amies communes, billets aguichants, menaces brutales, tandis que le bruit se répandait que nous étions fous d'amour l'un pour l'autre, alors que nous n'avions pas échangé un mot. Il m'était impossible de résister. Elle avait des yeux de chatte sauvage, un corps aussi provocant vêtu que dévêtu, et une luxuriante et chatoyante chevelure d'or dont les effluves de femme me faisaient pleurer de rage sur mon oreiller. Je savais que ce ne serait jamais de l'amour, mais l'attirance satanique qu'elle exerçait sur moi était si flamboyante que je tentais de me soulager avec n'importe quelle greluche aux yeux verts que je croisais en chemin. Incapable d'éteindre le feu de son souvenir dans le lit de Pradomar, j'ai déposé les armes avec une demande en mariage en bonne et due forme, échange d'anneaux et annonce de noces avant la Pentecôte.

La nouvelle a fait plus de bruit au Barrio Chino qu'au Club Social. D'abord il y a eu les railleries, puis une contrariété certaine de la part des professionnelles qui voyaient le mariage comme un état moins sacré que ridicule. Mes fiançailles se sont déroulées selon tous les rites de la morale chrétienne, sur la terrasse aux orchidées d'Amazonie et aux fougères suspendues de la maison de ma promise. J'arrivais à sept heures du soir, vêtu de lin blanc, avec un cadeau quelconque, babioles artisanales ou chocolats suisses, et nous bavardions moitié en code moitié en clair jusqu'à dix heures, sous la garde de la tante Argénida, qui s'endormait au premier battement de paupières comme tous les chaperons des romans de l'époque.

Mieux nous nous connaissions, plus Ximena devenait vorace, elle se délestait de ses corsets et de ses jupons à mesure que venaient les chaleurs de juin, et il était facile d'imaginer le pouvoir dévastateur qu'elle devait avoir dans la pénombre. Au bout de deux mois de fiançailles nous n'avions plus rien à nous dire, et elle a abordé le sujet des enfants sans un mot, en tricotant des petits chaussons de laine. En fiancé gentil j'ai appris à tricoter avec elle, et c'est ainsi que se sont enfuies les heures inutiles qui nous séparaient de nos noces, moi tricotant des petits chaussons bleus pour un garçon et elle des roses pour une fille, restait à voir qui aurait raison, jusqu'au moment où il y en a eu assez pour une cinquantaine de bébés. Avant dix heures, je montais dans une calèche et j'allais dans le Barrio Chino passer la nuit dans la paix des vivants.

Les fêtes tumultueuses qu'on me faisait dans le Barrio Chino pour enterrer ma vie de garçon étaient à l'opposé des soirées oppressantes du Club Social. Un contraste qui m'a permis de savoir lequel des deux mondes était en réalité le mien et donné l'illusion que c'était les deux mais chacun à des heures différentes, car dans l'un je voyais l'autre s'éloigner, et vice versa, avec les soupirs déchirants de deux bateaux qui se séparent en haute mer. La veille du mariage, le bal du Poder de Dios s'est achevé par une cérémonie qui n'avait pu surgir que de l'imagination d'un curé espagnol embourbé dans la concupiscence, lequel avait revêtu toutes les filles de voiles et de fleurs d'oranger, afin de me les donner en mariage par un sacrement universel. Ce fut une nuit de grands sacrilèges au cours de laquelle vingt-deux d'entre elles m'ont juré amour et obéissance et moi fidélité et protection jusqu'à l'au-delà de la tombe.

Le présage de quelque chose d'irrémédiable m'a empêché de fermer l'œil. Dès l'aube j'avais commencé de compter les heures à l'horloge de la cathédrale, jusqu'aux sept terribles coups où je devais être dans l'église. La sonnerie du téléphone a retenti à huit heures ; longue, tenace, imprévisible, pendant plus d'une heure. Je n'ai pas répondu et j'ai même cessé de respirer. Peu avant dix heures on a tout d'abord frappé à la porte à coups de poing, puis appelé avec des cris et des éclats de voix connues et abominées. J'ai eu peur que, redoutant un accident grave, on enfonce la porte, mais vers onze heures, la maison a été plongée dans ce silence horripilant qui succède aux grandes catastrophes. Alors, j'ai pleuré pour elle et pour moi, et j'ai prié de toute mon âme pour ne plus jamais me trouver sur son chemin. Un saint a dû m'entendre à demi, car Ximena Ortiz a quitté le pays le soir même et n'est revenue qu'une vingtaine d'années plus tard, bien mariée et avec les sept enfants qui auraient pu être les miens.

Après cet affront public, j'ai eu grand-peine à conserver mon poste et ma colonne au *Diario de La Paz*. Cependant, ce n'est pas pour cette raison que mes articles ont été relégués en page onze, mais à cause de la fougue avec laquelle le XXe siècle a fait irruption. Le progrès est devenu le mythe de la ville. Tout a été chamboulé ; les avions ont volé et un homme d'affaires, en jetant un sac de lettres depuis un Junker, a inventé la poste aérienne.

Seule ma chronique dans le journal est restée inchangée. Les nouvelles générations lui sont tombées dessus à bras raccourcis comme sur une momie du passé qu'il fallait anéantir, mais j'ai continué à l'écrire sur le même ton, sans concessions, contre les vents de la rénovation. J'étais sourd à tout. J'avais quarante ans, et les jeunes rédacteurs la surnommaient la Chronique de Mudarra le Bâtard. Le directeur d'alors m'a convoqué dans son bureau et m'a sommé de me mettre au diapason des nouveaux courants. Sur un ton solennel, comme s'il venait de l'inventer, il m'a dit : le monde va de l'avant. Oui, ai-je répondu, il va de l'avant, mais en tournant autour du soleil. J'ai conservé ma chronique dominicale parce qu'il n'avait pas trouvé d'autre bâtonneur de dépêches. Aujourd'hui, je sais que j'avais raison et pourquoi. Les adolescents de ma génération qui croquaient la vie à belles dents ont été corps et âme le jouet des illusions de l'avenir, jusqu'au jour où la réalité leur a montré que les lendemains n'étaient pas tels qu'ils les avaient rêvés, et ils ont découvert la nostalgie. Mes chroniques dominicales étaient là, tel un vestige archéologique parmi les décombres du passé, et ils se sont aperçus qu'elles n'étaient pas destinées qu'aux vieux mais aussi aux jeunes qui n'avaient pas peur de vieillir. Alors, elles sont revenues en page éditoriale et, pour les occasions exceptionnelles, en page une.

A qui m'interroge, je réponds toujours la vérité : les putes ne m'ont pas laissé le temps de me marier. Cependant, je dois reconnaître qu'il m'a fallu attendre le jour de mes quatre-vingt-dix ans pour trouver cette explication, en sortant de la maison de Rosa Cabarcas, déterminé à ne plus jamais provoquer le destin. J'avais le sentiment d'être un autre. La vue des hommes de troupe postés devant les grilles qui entourent le parc m'a contrarié. J'ai trouvé Damiana à quatre pattes dans le salon en train de frotter le carrelage, et la jeunesse de ses cuisses à son âge a suscité en moi un tremblement d'une autre époque. Elle a dû le sentir car elle a tiré sur sa jupe. Je n'ai pu résister à la tentation de lui demander : Dis-moi une chose, Damiana, de quoi te souviens-tu ? Je ne me souvenais de rien, a-t-elle dit, mais votre question me rend la mémoire. J'ai senti ma poitrine se crisper. Je ne suis jamais tombé amoureux, ai-je dit. Elle a répliqué du tac au tac : Moi si. Et elle a ajouté, sans interrompre son travail : A cause de vous, j'ai pleuré pendant vingt-deux ans. Mon cœur a fait un bond. J'ai cherché une sortie honorable : Nous aurions été bien appariés tous les deux. C'est mal de me dire ça maintenant, a-t-elle répondu, ça ne me sert même plus de consolation. Au moment de partir, elle m'a confié, sur le ton le plus naturel : Vous ne me croirez pas, mais je suis encore vierge, Dieu merci.

Peu après, j'ai découvert qu'elle avait laissé des bouquets de roses rouges dans toute la maison, et une carte sur mon oreiller : *Je vous souhaite d'arrivé jusqu'à sent ans*. Un mauvais goût dans la bouche, je me suis assis pour continuer l'article que j'avais laissé en chantier la veille. Je l'ai terminé d'une seule traite en moins de deux heures et j'ai dû tordre le cou aux muses pour me l'arracher des tripes sans qu'on remarque mes larmes. Puis, cédant à une inspiration soudaine, j'ai décidé de le parachever en annonçant qu'avec lui je mettais avec bonheur un point final à une vie longue et digne sans être pour autant condamné à mourir.

Mon objectif était de le laisser à la réception du journal et de rentrer chez moi. Mais je n'ai pas pu. Le personnel au complet m'attendait pour célébrer mon anniversaire. L'immeuble était en travaux, il y avait des échafaudages et des gravats dans tous les coins, et on avait suspendu le travail à cause de la fête. Sur un établi se trouvaient des boissons et des présents enveloppés dans du papier cadeau. Etourdi par les flashes, j'ai dû poser pour toutes les photos-souvenirs.

J'ai été content de trouver là des journalistes de la radio et de la presse écrite de la ville : *La Prensa*, journal du matin conservateur ; *El Heraldo*, quotidien libéral du matin et *El Nacional*, journal du soir à sensation qui essayait de faire oublier les troubles de l'ordre public en publiant des feuilletons à l'eau de rose. Rien d'étonnant qu'ils aient tous été là, car dans l'esprit de la ville il a toujours été de bon ton que la troupe conserve intactes ses amitiés tandis que les maréchaux menaient la guerre éditoriale.

Il y avait aussi, en dehors de ses heures de bureau, le censeur officiel don Jerónimo Ortega, que nous surnommions « L'Abominable homme de neuf heures » car chaque soir il arrivait à neuf heures pile avec son crayon sanguinolent de satrape conservateur. Il restait là jusqu'à être sûr que dans l'édition du lendemain pas un seul mot suspect ne lui avait échappé. Il éprouvait pour moi une aversion particulière, à cause de mes fautes de grammaire, ou parce que j'utilisais des mots italiens sans guillemets ni italiques quand ils me semblaient plus expressifs que le vocabulaire espagnol, comme ce devrait être l'usage entre langues siamoises. Après l'avoir subi pendant quatre ans, nous avions fini par l'accepter comme notre mauvaise conscience à tous.

Les secrétaires ont apporté au salon un gâteau avec quatre-vingt-dix bougies allumées qui m'ont confronté pour la première fois au nombre de mes années. J'ai dû ravaler mes larmes quand ils ont entonné le « joyeux anniversaire » et j'ai eu, sans raison particulière, une pensée pour la petite. Ce n'était pas de la rancœur mais un sentiment de compassion tardive pour une créature que j'espérais bien effacer à jamais de ma mémoire. Quand l'ange eut passé, quelqu'un m'a tendu un couteau pour que je coupe le gâteau. Par crainte des moqueries, personne n'a osé improviser de discours.

J'aurais préféré mourir plutôt que d'y répondre. A la fin des festivités, le rédacteur en chef, pour qui je n'avais jamais ressenti une grande sympathie, nous a rendus à l'inclémente réalité. Et à présent, illustre nonagénaire, où est votre article ?

La vérité c'est que toute l'après-midi je l'avais senti brûler comme une braise dans ma poche, mais l'émotion avait été si forte que je n'avais pas eu le courage de gâcher la réunion par l'annonce de ma démission. J'ai dit : Pour une fois, il n'y en a pas. Ce manquement, considéré comme inadmissible depuis le siècle précédent, a contrarié le rédacteur en chef. Essayez de me comprendre, ai-je dit, j'ai passé une nuit si difficile que ce matin j'étais abruti. Eh bien vous auriez dû écrire ça, a-t-il déclaré, pisse-vinaigre. Les lecteurs aimeront savoir comment on vit quand on a quatre-vingt-dix ans. Une secrétaire a biaisé. C'est peut-être un secret délicieux ? a-t-elle dit en me regardant avec malice. Une rafale brûlante m'a embrasé le visage. Nom d'un chien, ai-je pensé, rougir c'est se trahir. Une autre secrétaire, rayonnante, m'a montré du doigt. C'est merveilleux, il a encore le chic de piquer un fard ! Son impertinence m'a fait rougir par-dessus ma rougeur. Il a dû passer une nuit d'enfer, a renchéri la première secrétaire. Comme je l'envie ! Et elle m'a donné un baiser qui a déteint sur ma joue. Les photographes se sont déchaînés. Vexé, j'ai tendu mon article au rédacteur en chef et lui ai dit : C'était une blague, le voici, et je me suis enfui, étourdi par la dernière salve d'applaudissements, afin de ne pas être là quand ils découvriraient que c'était ma lettre de démission après cinquante ans de galères.

L'anxiété me poursuivait encore ce soir-là quand j'ai ouvert les cadeaux. Les linotypistes avaient raté leur coup avec une cafetière électrique pareille aux trois autres que j'avais reçues pour mes précédents anniversaires. Les typographes m'avaient laissé un bon pour aller retirer un chat angora chez le vétérinaire municipal. La direction m'avait fait cadeau d'une prime symbolique. Les secrétaires de trois caleçons en soie estampillés de marques de baisers et d'une lettre dans laquelle elles se proposaient de me les ôter. J'ai pensé qu'un des charmes de la vieillesse sont les provocations que se permettent les jeunes amies qui nous croient hors service.

Je n'ai jamais su qui m'avait destiné un disque avec les vingt-quatre préludes de Chopin par Stefan Askenase. La plupart des rédacteurs m'avaient offert des livres à la mode. Je n'avais pas terminé de déballer mes cadeaux lorsque Rosa Cabarcas m'a appelé au téléphone en me posant la question que je ne voulais pas entendre. Qu'est-ce qui t'est arrivé avec la petite ? Rien, ai-je répondu sans réfléchir. Comment rien ? Tu ne l'as même pas réveillée. Une femme ne pardonne jamais à un homme de n'avoir pas daigné l'étrenner. J'ai allégué que coudre des boutons ne pouvait être à ce point épuisant, et qu'elle avait peut-être feint de dormir par peur de passer un mauvais moment. Ce qui est grave, a poursuivi Rosa, c'est qu'elle croit que tu n'es plus bon à rien et je n'aimerais pas qu'elle aille le crier sur les toits.

Je ne lui ai pas laissé le plaisir d'avoir le dessus. Même s'il en était ainsi, ai-je dit, elle est dans un état si déplorable qu'on ne peut pas compter sur elle ni endormie ni éveillée : c'est de la viande d'hôpital. Rosa Cabarcas s'est radoucie : C'est parce que j'ai été obligée de boucler l'affaire trop vite, mais ça peut s'arranger, tu verras. Elle a promis de confesser la petite, et au besoin de l'obliger à rendre l'argent ; qu'en penses-tu ? Laisse tomber, ai-je dit, il ne s'est rien passé, et en revanche ça m'a prouvé que ce genre de galipettes n'est plus pour moi. En ce sens, la petite a raison : je ne suis plus bon à rien. J'ai raccroché, envahi par un sentiment de libération que je n'avais jamais éprouvé auparavant, enfin à l'abri d'une servitude qui m'avait maintenu sous son joug depuis l'âge de treize ans.

A sept heures du soir, je me suis rendu au théâtre de Bellas Artes comme invité d'honneur au concert de Jacques Thibault et Alfred Cortot, qui ont donné une interprétation sublime de la sonate pour piano et violon de César Franck, et à l'entracte j'ai entendu des éloges insensés. Le maestro Pedro Biava, notre grand musicien, m'a presque traîné jusqu'aux loges pour me présenter aux concertistes. J'étais si impressionné que je les ai félicités pour une sonate de Schumann qu'ils n'avaient pas jouée, et quelqu'un m'a repris en public d'une manière désagréable. Le bruit a couru dans toute l'assistance que j'avais confondu les deux sonates par ignorance pure et simple, renforcé par l'explication fumeuse avec laquelle j'ai tenté de me rattraper le dimanche suivant dans le compte rendu du concert.

Pour la première fois de ma longue vie, je me suis senti capable de tuer quelqu'un. Je suis rentré chez moi, persécuté par le diablotin qui nous souffle à l'oreille les réponses dévastatrices que nous n'avons pas données à temps, et ni la lecture ni la musique n'ont pu mitiger ma rage. Par chance, Rosa Cabarcas m'a tiré de mon égarement en poussant un cri au téléphone : C'est formidable ce que j'ai lu dans le journal, je ne pensais pas que tu avais quatre-vingt-dix ans, mais cent. Je lui ai répondu, hors de moi : J'ai l'air aussi décati que ça ? Au contraire, a-t-elle répliqué, j'ai été surprise de te voir en aussi bonne forme. Au moins tu n'es pas comme ces vieux dégoûtants qui se disent plus vieux qu'ils ne le sont pour qu'on les croie en bon état. Et, passant du coq-à-l'âne : J'ai ton cadeau d'anniversaire. Je n'ai pu dissimuler ma surprise : C'est quoi ? La petite, a-t-elle dit.

Je ne me suis pas donné une seconde de réflexion. Merci, ai-je dit, mais cette histoire-là appartient au passé. Et elle, comme si de rien n'était : Je te l'envoie chez toi enveloppée dans du papier de soie et mijotée au bain-marie avec du bois de santal, le tout gratis. J'ai campé sur mes positions, et elle s'est lancée dans une explication oiseuse qui m'a paru sincère. Elle a dit que la petite était dans un triste état ce vendredi-là parce qu'elle avait cousu deux cents boutons à l'aiguille et au dé. Que oui, c'était vrai, elle avait peur des viols sanglants, mais qu'elle était prête pour le sacrifice. Que pendant la nuit passée avec moi elle s'était levée pour aller aux toilettes, et comme j'étais plongé dans un sommeil si profond ça lui avait fait de la peine de me réveiller, et que le lendemain matin quand elle avait ouvert les yeux j'étais déjà parti. J'ai protesté contre ce qui me paraissait un mensonge inutile. Enfin bon, a poursuivi Rosa Cabarcas, peut-être, mais de toute façon la petite est désolée. La pauvre, elle est juste devant moi. Tu veux que je te la passe ? Grands dieux non, me suis-je exclamé.

J'avais commencé à écrire quand la secrétaire du journal a appelé. Elle m'a fait savoir que le directeur voulait me voir le lendemain matin à onze heures. Je suis arrivé pile à l'heure. Le boucan des travaux de rénovation de l'immeuble était insupportable, et l'air irrespirable à cause de la poussière de ciment soulevée par les coups de marteau et de la fumée du goudron, mais la rédaction avait appris à travailler dans cette routine chaotique. Les bureaux de la direction, en revanche, glacials et silencieux, appartenaient à un pays idéal qui n'était pas le nôtre.

Marco Tulio, le troisième du nom, avec son air d'adolescent, s'est levé en me voyant entrer et, sans interrompre sa conversation téléphonique, m'a serré la main par-dessus le bureau et désigné un siège. J'ai pensé qu'il n'y avait personne à l'autre bout du fil et qu'il jouait la comédie pour m'impressionner, mais j'ai vite compris qu'il parlait avec le gouverneur et qu'il s'agissait d'un dialogue difficile entre frères ennemis. De plus, je crois bien qu'il s'efforçait de paraître énergique devant moi tout en demeurant debout pour discuter avec le pouvoir.

On remarquait sa méticulosité maniaque. Il venait d'avoir vingt-neuf ans, parlait quatre langues, avait trois diplômes internationaux, à la différence du premier président à vie, son grand-père paternel, qui s'était improvisé journaliste après avoir fait fortune dans la traite des blanches. Il avait de l'aisance, un trop-plein de sérénité et d'élégance, et la seule chose qui mettait sa prestance en danger était une fausse note dans la voix. Il portait une veste de sport avec une orchidée naturelle à la boutonnière, et on eût dit que pour lui tout allait de soi mais qu'il n'avait rien à voir avec la rue et n'était fait que pour l'atmosphère printanière de ses bureaux. Moi, qui avais passé presque deux heures à m'habiller, j'ai senti la mortification de la pauvreté, et ma rage s'en est accrue.

Qui plus est, le poison mortel était sur une photo panoramique du personnel salarié prise lors du vingt-cinquième anniversaire de la fondation du journal, où une petite croix au-dessus de la tête signalait ceux qui mouraient. J'étais le troisième sur la droite, avec mon canotier, ma cravate à nœud large et son épingle perlée, ma première moustache de colonel que j'ai portée jusqu'à l'âge de quarante ans, et les lunettes de séminariste à monture de métal qui ne m'ont plus servi à rien passé la cinquantaine. J'avais vu cette photo au mur pendant des années dans différents bureaux, mais ce n'est qu'à ce moment précis que j'ai été sensible à son message : sur les quarante-huit employés de la première heure, nous n'étions plus que quatre, et le plus jeune d'entre nous purgeait une peine de vingt ans de prison pour divers assassinats.

Le directeur a raccroché, m'a surpris en train de regarder la photo et a souri. Les petites croix, ce n'est pas moi, a-t-il dit. Je les ai toujours trouvées du plus mauvais goût. Il s'est assis derrière son bureau et a changé de ton : Permettez-moi de vous dire que vous êtes l'homme le plus imprévisible que j'aie jamais connu. Et à ma grande surprise, il a pris les devants : Je vous dis ça à cause de votre démission. J'ai à peine eu le temps de rétorquer : Toute une vie. C'est bien pour cela que ce n'est pas la bonne solution, a-t-il poursuivi. L'article lui avait paru magnifique, tout ce que je disais de la vieillesse était ce qu'il avait lu de meilleur sur le sujet, et le terminer sur une décision qui ressemblait à un enterrement n'avait aucun sens. Une chance, a-t-il ajouté, que « L'Abominable homme de neuf heures » l'ait lu au moment de la mise en page et qu'il lui ait semblé irrecevable. Sans consulter personne il l'a rayé de haut en bas avec son crayon de Torquemada. Quand je l'ai appris ce matin, j'ai envoyé une lettre de protestation au gouverneur. C'était mon devoir, mais entre nous je peux vous avouer que je suis très reconnaissant au censeur de son arbitraire. De sorte que je ne saurais accepter que vous mettiez un terme à votre collaboration. Je vous le demande du fond du cœur. N'abandonnez pas le navire en haute mer. Et il a conclu, grandiloquent : Nous n'avons pas fini de parler musique.

Je l'ai vu si déterminé que je n'ai pas osé aggraver notre désaccord par des arguments dilatoires. En réalité, le problème était que je n'avais aucune raison plausible de jeter le manche après la cognée, et j'étais terrorisé à l'idée de le contrarier une fois de plus pour gagner du temps. J'ai dû me retenir pour qu'il ne remarque pas l'émotion indécente qui me faisait monter les larmes aux yeux. Et comme toujours après tant d'années, une fois encore nous en sommes restés là.

La semaine suivante, en proie à la confusion plus qu'à la joie, je suis passé chez le vétérinaire pour prendre le chat que les imprimeurs m'avaient offert. Je ne fais pas bon ménage avec les animaux, pas plus qu'avec les enfants qui ne savent pas encore parler. Je trouve qu'ils ont l'âme muette. Non que je les déteste, mais je ne peux les supporter parce que je n'ai pas appris à composer avec eux. J'estime contre nature qu'un homme s'entende mieux avec son chien qu'avec sa femme, qu'il lui apprenne à manger et à jeûner aux mêmes heures que lui, à répondre aux questions et à partager ses peines. Mais ne pas aller chercher le chat des typographes eût été leur faire affront. C'était un splendide angora, à la peau rose, au poil soyeux et aux yeux brillants, qui avait presque l'air de parler quand il miaulait. On me l'a remis dans un panier d'osier avec un certificat de pedigree et un manuel d'utilisation comme celui pour assembler les bicyclettes.

Une patrouille militaire vérifiait l'identité des passants avant de les autoriser à traverser le parc San Nicolás. Je n'avais jamais rien vu de pareil et n'aurais pu concevoir une preuve plus déchirante de ma vieillesse. Ils étaient quatre, sous les ordres d'un officier presque adolescent. Les soldats étaient des culs-terreux, durs et taciturnes, qui sentaient l'étable. L'officier les surveillait, les pommettes colorées comme celles d'un Andin sur une plage. Après avoir regardé ma carte d'identité et ma carte de presse, il m'a demandé ce qu'il y avait dans le panier. Un chat, lui ai-je dit. Il a voulu le voir. J'ai soulevé le couvercle avec précaution de peur que l'animal ne s'échappe, mais un soldat s'est approché pour regarder s'il n'y avait pas quelque chose caché au fond et le chat l'a griffé. L'officier s'est interposé. C'est un angora splendide, a-t-il dit. Il l'a caressé en lui mumurant quelques mots et le chat est resté tranquille, l'air indifférent. Quel âge a-t-il ? Je ne sais pas ai-je répondu, on vient de m'en faire cadeau. Je vous pose la question parce qu'on voit qu'il est très vieux, dix ans au moins. J'ai voulu lui demander comment il le savait, et bien d'autres choses encore, mais malgré ses bonnes manières et son langage châtié je manquais d'estomac pour parler avec lui. Je crois que c'est un chat abandonné qui en a vu de dures, a-t-il ajouté. Observez-le, ne l'habituez pas à vous mais au contraire habituez-vous à lui et laissez-le faire, jusqu'à ce qu'il gagne votre confiance. Que faites-vous ? Je suis journaliste. Depuis quand ? Depuis un siècle. Je n'en doute pas a-t-il dit. Et il m'a serré la main avec une petite phrase qui pouvait être un bon conseil aussi bien qu'une menace : Faites attention à vous.

A l'heure du déjeuner, j'ai débranché le téléphone pour me réfugier dans la musique en choisissant des morceaux exquis : la rhapsodie pour clarinette et orchestre de Wagner, celle pour saxophone de Debussy et le quintette pour cordes de Bruckner, un havre paradisiaque dans son œuvre cataclysmique. Soudain, je me suis retrouvé dans les ténèbres du salon. J'ai senti glisser sous la table une chose qui ne semblait pas un corps vivant mais plutôt une présence surnaturelle qui me frôlait les pieds, et j'ai bondi en poussant un cri. C'était le chat, avec sa magnifique queue en panache, sa lenteur mystérieuse, sa lignée mythique, et je n'ai pu éviter de frissonner à l'idée que j'étais seul chez moi avec un être vivant qui n'était pas humain.

Quand sept heures ont sonné à la cathédrale, une étoile solitaire et limpide brillait dans le ciel couleur de rose, un bateau a poussé un adieu déchirant, et au fond de ma gorge j'ai senti se serrer le nœud gordien de toutes les amours qui auraient pu être et n'avaient pas été. Je n'en pouvais plus. Le cœur sur le point de se rompre, j'ai décroché le téléphone, composé les quatre chiffres sans hâte afin de ne pas me tromper, et à la troisième sonnerie j'ai reconnu la voix. D'accord, lui-ai-je dit avec un soupir de soulagement : Pardonne ma grogne de ce matin. Et elle, très calme : Ne t'inquiète pas, j'attendais ton coup de fil. Je l'ai avertie : Je veux que la petite m'attende comme le bon dieu l'a faite et sans barbouillage sur la figure. Son rire guttural a résonné. Comme tu voudras, mais tu te prives du plaisir de lui ôter ses nippes une par une, d'habitude les vieux aiment ça, je ne sais pas pourquoi. Moi si, ai-je répondu : Parce qu'ils sont chaque jour un peu plus vieux. Elle a considéré l'affaire conclue : Eh bien alors, ce soir à dix heures tapantes, avant que la caille ne refroidisse.

3

Quel pouvait être son nom ? La patronne ne me l'avait pas révélé. Pour parler d'elle, elle se contentait de dire : la petite. Et moi je l'avais ainsi baptisée, la petite, comme l'une des caravelles de Colomb. De plus, je savais que Rosa Cabarcas donnait à ses pensionnaires un prénom différent selon chaque client. Je m'amusais à les deviner à leur visage, et depuis le début j'étais certain que la petite avait un long prénom, Filomena, Saturnina ou Nicolasa. J'en étais à ces réflexions quand elle s'est tournée sur le côté, le dos vers moi, et j'ai cru voir une mare de sang de la taille et de la forme de son corps. J'ai sursauté pour constater aussitôt que c'était la marque de sa sueur sur le drap.

Rosa Cabarcas m'avait recommandé de la traiter avec délicatesse, car la peur de la première fois ne l'avait pas quittée. Qui plus est, je crois que c'était la solennité même du rite qui avait accru sa frayeur, et on avait dû augmenter la dose de valériane car elle dormait d'un sommeil si paisible qu'il eût été dommage de la réveiller. Si bien que j'ai pris une serviette pour la sécher tout en lui murmurant à l'oreille la chanson de Delgadina, la fille cadette du roi adulée par son père. A mesure que je l'essuyais, la courbe de ses hanches inondées de sueur se balançait au rythme de mon chant : *Delgadina, Delgadina, mon bijou adoré*. Ce fut un plaisir sans limites car à peine avais-je séché un côté qu'elle transpirait à nouveau de l'autre, afin que la chanson ne s'achève jamais. *Lève-toi, Delgadina, mets ta robe de soie*, lui murmurais-je à l'oreille. A la fin, quand les domestiques du roi la trouvent morte de soif dans son lit, j'ai cru que ma petite s'était presque éveillée en entendant le nom. Ainsi c'était elle : Delgadina.

Je suis revenu sur le lit vêtu de mon caleçon estampillé de baisers et me suis allongé à côté d'elle. J'ai dormi jusqu'à cinq heures, bercé par son souffle paisible. Puis je me suis habillé en toute hâte, sans me laver, et c'est alors que j'ai vu la phrase écrite au rouge à lèvres sur le miroir du lavabo : *Le tigre ne mange pas loin.* Je savais qu'elle n'y était pas la veille au soir et que personne n'avait pu entrer dans la chambre, si bien que je l'ai interprétée comme le cadeau du diable. Un coup de tonnerre épouvantable m'a surpris sur le pas de la porte, et la chambre s'est remplie d'une odeur annonciatrice de terre mouillée. Je n'ai pas eu le temps de filer indemne. Avant que j'aie trouvé un taxi une averse diluvienne s'est abattue, de celles qui mettent la ville sens dessus dessous entre mai et octobre, car les rues de sable brûlant qui descendent vers le fleuve se transforment alors en torrents qui emportent tout sur leur passage. Après trois mois de sécheresse, les pluies de ce septembre insolite pouvaient être aussi providentielles que dévastatrices.

En ouvrant la porte de chez moi, j'ai eu la sensation physique de ne pas être seul. J'ai entraperçu le spectre du chat qui sautait du canapé et s'enfuyait par le balcon. Dans sa gamelle, il y avait les restes d'un repas que je ne lui avais pas donné. La puanteur de son urine rance et de ses déjections chaudes avait tout envahi. Pourtant, j'avais étudié le manuel avec autant de soin que j'avais étudié le latin. Il y était écrit que les chats grattent la terre pour y enfouir leurs excréments, et que dans les maisons dépourvues de jardin, comme celle-ci, ils font leurs besoins dans les pots des plantes vertes ou dans un recoin quelconque. Il convenait de préparer dès le premier jour une caisse avec du sable pour les éduquer, recommandation que j'avais observée. Il était écrit aussi que, dans une nouvelle maison, la première chose qu'ils font est de marquer leur territoire en urinant partout, ce qui devait être le cas, mais le manuel ne disait pas comment y remédier. J'ai suivi ses traces pour me familiariser avec ses habitudes naturelles, mais je n'ai trouvé ni ses cachettes, ni les endroits où il dormait, ni la cause de ses sautes d'humeur. J'ai voulu lui apprendre à manger à heures fixes, à utiliser la litière, à ne pas monter sur mon lit pendant que je dormais ni à flairer les aliments sur la table, sans parvenir pour autant à lui faire comprendre qu'il s'agissait de sa maison et non d'un butin de guerre. Si bien que je l'ai laissé aller et venir à sa guise.

A la fin de l'après-midi il pleuvait des cordes, et les rafales d'ouragan menaçaient de démanteler la maison. J'ai éternué plusieurs fois de suite, j'avais mal au crâne, de la fièvre, mais je me sentais possédé par une force et une détermination que je n'avais jamais connues à aucune époque de ma vie ni pour aucun motif. J'ai posé des bassines sur le sol pour recueillir l'eau qui ruisselait des fissures, et j'ai découvert des lézardes qui n'étaient pas là l'hiver précédent. La plus grande avait commencé à inonder le côté droit de la bibliothèque.

Je me suis dépêché de porter secours aux auteurs grecs et latins qui vivaient dans les parages mais, comme j'enlevais les livres, un jet puissant a giclé d'un tuyau crevé à l'autre bout du mur. Je l'ai bouché comme j'ai pu avec des chiffons, afin de me donner le temps de mettre les ouvrages à l'abri. Dans le parc, le vacarme des trombes d'eau et les hurlements du vent ont redoublé de violence. Tout à coup, un éclair fantomatique accompagné d'un coup de tonnerre a imprégné l'air d'une forte odeur de soufre, les fenêtres du balcon ont volé en éclats, et l'effroyable bourrasque venue de la mer a fait sauter les serrures et s'est engouffrée dans la maison. Pourtant, moins de dix minutes plus tard, le ciel s'est tout à coup éclairci. Un soleil splendide a séché les rues jonchées de décombres, et la chaleur est revenue.

Une fois la tempête passée, j'avais toujours la sensation de ne pas être seul dans la maison. Mon unique explication est que, de même qu'on oublie des événements réels, certains qui n'ont jamais existé peuvent demeurer dans la mémoire comme s'ils avaient eu lieu. Car lorsque je me remémorais cet orage soudain, je ne me voyais pas seul dans la maison mais en compagnie de Delgadina. Elle avait été si près de moi cette nuit-là, que j'avais senti le bruissement de son souffle dans la chambre et les frémissements de sa joue sur l'oreiller. Alors, j'ai compris pourquoi nous avions fait tant de choses en si peu de temps. Quand je me voyais monté sur l'escabeau de la bibliothèque, je la voyais éveillée dans sa robe à fleurs, tendant les mains pour prendre les livres et les mettre à l'abri. Je la voyais courir d'un endroit à l'autre, luttant contre la tempête, trempée par la pluie, de l'eau jusqu'aux chevilles. Je me souvenais que le lendemain elle avait préparé un petit déjeuner qui n'avait pas existé et mis la table pendant que j'essuyais les sols et remettais de l'ordre après le naufrage de la maison. Il m'était impossible d'oublier son regard sombre tandis que nous prenions le petit déjeuner. Pourquoi vous ai-je connu aussi vieux ? Je lui répondais la vérité : On n'a pas l'âge que l'on paraît mais celui que l'on sent.

Depuis lors, elle a été présente dans mon esprit avec une telle netteté que je faisais d'elle ce que je voulais. Je changeais la couleur de ses yeux selon mes états d'âme : couleur d'eau au réveil, couleur d'ambre quand elle riait, couleur de feu quand je la contrariais. Je l'habillais selon l'âge et la condition qui convenaient à mes changements d'humeur : novice énamourée à vingt ans, pute de luxe à quarante, reine de Babylone à soixante, sainte à cent ans. Nous chantions des duos d'amour de Puccini, des boléros d'Agustín Lara, des tangos de Carlos Gardel, et nous constations une fois de plus que celui qui n'a jamais chanté ne peut savoir ce qu'est le plaisir du chant. Aujourd'hui, je sais que ce n'était pas une hallucination mais plutôt un miracle du premier amour de ma vie à quatre-vingt-dix ans.

Lorsque la maison a été rangée, j'ai appelé Rosa Cabarcas. Seigneur Dieu ! s'est-elle écriée en entendant ma voix, j'ai cru que tu t'étais noyé. Elle ne pouvait pas comprendre que j'aie passé une autre nuit avec la petite sans la toucher. Tu peux très bien ne pas la trouver à ton goût, mais au moins comporte-toi en adulte. J'ai tenté une explication, mais de but en blanc elle a changé de sujet : De toute façon, j'en ai repéré une un peu plus âgée, belle et vierge elle aussi. Son papa veut l'échanger contre une maison, mais on peut toujours marchander. J'en ai eu le cœur glacé. Il ne manquerait plus que ça, ai-je protesté, effrayé, je veux la même, et comme toujours sans histoires, sans disputes, sans mauvais souvenirs. A l'autre bout du fil il y a eu un silence, et enfin la voix résignée qui disait comme pour elle-même : Bon, ce doit être ce que les médecins appellent de la démence sénile.

A dix heures du soir, je me suis fait conduire par un chauffeur connu pour posséder l'étonnante qualité de ne pas poser de questions. J'ai apporté un ventilateur, un tableau d'Orlando de Rivera, le cher Figurita, ainsi qu'un marteau et un clou pour l'accrocher. En chemin, je me suis arrêté pour acheter des brosses à dents, du dentifrice, du savon parfumé, de l'Eau de Floride, des bâtons de réglisse. J'ai voulu prendre aussi un joli vase et un bouquet de roses jaunes pour conjurer la trivialité des fleurs artificielles, mais il n'y avait rien d'ouvert et j'ai dû voler dans un jardin une brassée d'astromélias à peine écloses.

Sur la recommandation de la patronne, je suis entré par la rue de derrière, du côté de l'aqueduc, afin que personne ne me voie franchir le portail du jardin. Le chauffeur m'a prévenu : Attention, grand-père, dans cette maison on assassine. Si c'est par amour, peu importe, ai-je répondu. La cour était plongée dans le noir, mais aux fenêtres les lumières étincelaient de vie et des flonflons s'échappaient des six chambres. Venant de la mienne, où le volume était plus fort, j'ai reconnu la voix de don Pedro Vargas, le ténor de l'Amérique, qui chantait un boléro de Miguel Matamoros. J'ai cru mourir. La respiration pantelante, j'ai poussé la porte et j'ai vu Delgadina sur le lit, pareille à mes souvenirs : nue et dormant comme un ange sur le côté du cœur.

Avant de me coucher j'ai rangé la table de toilette, remplacé le vieux ventilateur rouillé par le neuf, accroché le tableau pour qu'elle puisse le voir du lit. Je me suis allongé à côté d'elle et je l'ai reconnue pouce par pouce. C'était bien la même qui déambulait dans la maison : les mêmes mains qui m'identifiaient au toucher dans le noir, les mêmes pieds qui glissaient à pas feutrés, se confondant avec ceux du chat, la même odeur de transpiration que sur mes draps, et le même dé au même doigt. C'était incroyable : en la voyant en chair et en os et en la touchant, elle me semblait moins réelle que dans mes souvenirs.

Il y a un tableau sur le mur d'en face, lui ai-je dit. Il est signé Figurita, un homme que j'aimais beaucoup, le meilleur danseur de bordel qui ait jamais existé, avec un cœur si grand qu'il avait pitié du diable. Il l'a peint avec du vernis à bateau sur la tôle calcinée d'un avion qui s'est écrasé dans la Sierra Nevada de Santa Marta en se servant de pinceaux fabriqués avec les poils de son chien. La femme représentée est une nonne qu'il avait enlevée du couvent et épousée. Je le laisse là pour que ce soit la première chose que tu verras en te réveillant.

A une heure du matin, quand j'ai éteint la lumière, elle n'avait pas changé de position, et sa respiration était si légère que je lui ai pris le pouls afin de m'assurer qu'elle était vivante. Le sang circulait dans ses veines avec la fluidité d'une chanson qui se ramifiait jusque dans les recoins les plus secrets de son corps et remontait vers son cœur, purifiée par l'amour.

A l'aube, avant de m'en aller, j'ai dessiné les lignes de sa main sur un morceau de papier, et je les ai données à lire à la Diva Sahibí pour connaître son âme. Voici ce qu'elle a lu : Une personne qui ne dit que ce qu'elle pense. Parfaite pour les travaux manuels. En relation avec quelqu'un qui est déjà mort et dont elle attend de l'aide, mais elle se trompe : l'aide qu'elle recherche est à la portée de sa main. Elle ne s'est encore unie à personne, mais elle mourra âgée et mariée. En ce moment, il y a un homme brun qui ne sera pas celui de sa vie. Elle pourrait avoir huit enfants mais décidera de n'en avoir que trois. A trente-cinq ans, si elle fait ce que lui dicte son cœur et non sa tête, elle aura beaucoup d'argent, et à quarante elle héritera. Elle voyagera beaucoup. Elle a une double vie et le double de chance, et elle peut influencer son propre destin. Elle aime goûter à tout, par curiosité, mais si elle n'écoute pas son cœur elle le regrettera.

En proie aux tourments de l'amour, j'ai fait réparer les dégâts causés par la bourrasque et j'en ai profité pour retaper plein de choses détériorées depuis des années à cause de mon indécision ou de ma négligence. J'ai réorganisé la bibliothèque selon l'ordre où j'avais lu les livres. Enfin, j'ai vendu le Pianola et sa centaine de rouleaux de musique classique comme une relique historique, et j'ai acheté un tourne-disque d'occasion en meilleur état que le mien, avec des haut-parleurs haute fidélité qui ont agrandi l'espace de la maison. Le miracle d'être en vie à mon âge compensait la ruine au bord de laquelle je me trouvais.

La maison renaissait de ses cendres, et je voguais dans l'amour de Delgadina avec une exaltation et un bonheur que je n'avais jamais connus dans ma vie antérieure. Grâce à elle j'ai affronté pour la première fois mon être véritable, tandis que s'écoulait ma quatre-vingt-dixième année. J'ai découvert que mon besoin obsessionnel de savoir que chaque chose est à sa place, chaque affaire traitée en son temps, chaque mot conforme à un style, n'était pas la juste récompense d'un esprit méthodique mais au contraire un système de simulation inventé pour cacher mon naturel désordonné. J'ai découvert que ma discipline n'est pas une vertu mais une réaction contre ma négligence ; que ma générosité apparente cache ma mesquinerie, que je suis trop prudent parce que je suis malpensant, conciliateur pour ne pas succomber à mes colères rentrées, ponctuel pour qu'on ne sache pas à quel point le temps des autres m'est indifférent. Enfin, j'ai découvert que l'amour n'est pas une inclination de l'âme mais un signe du zodiaque.

Je suis devenu un autre. J'ai essayé de relire les classiques qui m'avaient guidé pendant l'adolescence, et je n'ai pas pu. Je me suis plongé dans la littérature romantique que j'avais rejetée quand ma mère avait voulu me l'imposer par la contrainte, et grâce à elle j'ai pris conscience que la force invincible qui mène le monde, ce ne sont pas les amours heureuses mais les amours contrariées. Quand la crise a gagné mes goûts musicaux, je me suis découvert vieux et ringard et j'ai ouvert mon cœur aux délices du hasard.

Je me demande comment j'ai pu succomber à ce vertige perpétuel que je provoquais et redoutais à la fois. Je flottais sur des nuages erratiques et je me parlais à moi-même devant la glace, dans l'illusion vaine de découvrir qui je suis. Mon égarement était tel que, lors d'une manifestation d'étudiants où pierres et bouteilles ont volé, j'ai dû me faire violence pour ne pas marcher en tête du cortège avec une pancarte proclamant cette vérité : *Je suis fou d'amour.*

Obnubilé par l'évocation inclémente de Delgadina endormie, j'ai changé sans aucune arrière-pensée l'esprit de mes chroniques dominicales. Quel que fût le sujet, je les écrivais pour elle, pour elle je riais et je pleurais de ce que j'écrivais, et ma vie tout entière s'en allait dans chaque mot. Au lieu de les rédiger sous forme de billet traditionnel comme je l'avais toujours fait, j'ai écrit des lettres d'amour que chacun pouvait reprendre à son compte. J'ai proposé au journal que le texte ne soit pas composé sur la linotype mais que l'on reproduise mon écriture fleurie. Le rédacteur en chef, il fallait s'y attendre, l'a pris pour un excès de vanité sénile, mais le directeur l'a convaincu d'accepter, avec cette phrase qui circule encore dans toute la rédaction :

— Ne vous y trompez pas : les doux dingues sont en avance sur leur temps.

La réponse est venue, immédiate et enthousiaste, dans le courrier de nombreux lecteurs amoureux. On en lisait certaines à la radio comme des nouvelles de dernière minute, on les ronéotait ou les copiait au papier carbone, et elles se vendaient aussi bien que des cigarettes de contrebande au carrefour de la rue San Blas. Dès le début, j'ai su que ces lettres correspondaient à mon désir de m'exprimer et j'ai pris l'habitude d'en tenir compte, en les écrivant toujours du point de vue d'un homme de quatre-vingt-dix ans qui n'a pas appris à penser comme un vieux. Le milieu intellectuel, comme de bien entendu, s'est montré timoré et partagé, et les graphologues les plus extravagants ont organisé des controverses autour d'analyses approximatives de ma calligraphie. Ce sont eux qui ont divisé les esprits, enflammé la polémique et mis la nostalgie à la mode.

Avant la fin de l'année, je m'étais arrangé avec Rosa Cabarcas pour laisser dans la chambre l'éventail électrique, les objets de toilette et ce que j'apporterais à l'avenir pour la rendre habitable. J'arrivais à dix heures, toujours avec une surprise pour elle, ou pour notre plaisir à tous deux, et je consacrais quelques minutes à sortir l'attirail caché afin de régler la mise en scène de nos nuits. Avant de partir, jamais après cinq heures, je remettais le tout sous clé. La chambre était alors aussi nue qu'à son origine, au temps où elle abritait les amours tristes des clients de passage. Un jour, j'ai appris que Marcos Pérez, l'animateur le plus écouté des émissions du matin, avait décidé de lire ma chronique dominicale aux informations du lundi. Lorsque la nausée s'est dissipée, j'ai dit, très ému : Tu sais, Delgadina, la célébrité est une très grosse dame qui ne dort pas à nos côtés, mais quand on se réveille on la trouve toujours en train de vous regarder au pied du lit.

Un jour, je suis resté prendre le petit déjeuner avec Rosa Cabarcas qui me semblait moins décatie malgré ses vêtements de deuil et son bonnet noir qui lui cachait les sourcils. Ses petits déjeuners, réputés pour être splendides, étaient si pimentés qu'ils me faisaient pleurer. A la première bouchée de ce feu ardent je lui ai dit, les yeux remplis de larmes : Ce soir je n'aurai pas besoin de la pleine lune pour que le cul me brûle. Ne te plains pas, a-t-elle répliqué, s'il te brûle c'est parce qu'il est encore là, grâce au ciel.

Elle s'est montrée surprise quand j'ai prononcé le nom de Delgadina. Elle ne s'appelle pas comme ça, a-t-elle dit, elle s'appelle. Ne le dis pas, l'ai-je interrompue, pour moi c'est Delgadina. Elle a haussé les épaules : Bon, après tout elle est à toi, mais on dirait un nom de diurétique. Je lui ai parlé de la phrase sur le tigre que la petite avait écrite sur le miroir. Ce ne peut pas être elle, a précisé Rosa, elle ne sait ni lire ni écrire. Qui alors ? Elle a de nouveau haussé les épaules : Peut-être quelqu'un qui est mort dans la chambre.

Je profitais de ces petits déjeuners pour faire des confidences à Rosa Cabarcas et lui demander de menus services pour le bien-être et le plaisir des yeux de Delgadina. Elle me les accordait volontiers avec une malice de collégienne. C'est trop drôle, m'a-t-elle dit un jour. J'ai l'impression que tu me demandes sa main. A ce propos, j'y pense : pourquoi ne l'épouses-tu pas ? Je suis resté estomaqué. Je ne plaisante pas, ça te reviendrait moins cher. Au bout du compte, le problème à ton âge se résume à pouvoir ou ne pas pouvoir s'en servir, mais tu m'as dis que tu l'avais résolu. Je l'ai arrêtée net : Le sexe c'est la consolation quand l'amour ne suffit pas.

Elle a éclaté de rire : Ah, mon pauvre vieux, je sais que tu es un homme, tu l'as toujours été d'ailleurs, et ça me fait plaisir que tu continues à l'être alors que tes ennemis rendent les armes. Je comprends pourquoi tu défrayes la chronique. Tu as entendu Marcos Pérez ? Comme tout le monde, lui ai-je répondu, pour couper court. Mais elle a insisté : Le professeur Camacho y Cano aussi. Hier à *La hora de todo un poco*, il a dit que le monde n'est plus ce qu'il était parce qu'il n'y a plus beaucoup d'hommes comme toi.

A la fin de la semaine, Delgadina avait

de la fièvre et toussait. J'ai réveillé Rosa Cabarcas pour qu'elle me donne un quelconque remède, et elle m'a apporté dans la chambre une trousse de premiers secours. Deux jours plus tard, Delgadina était toujours prostrée et n'avait pu retourner à l'atelier coudre ses boutons. Le médecin lui a prescrit des médicaments pour une grippe banale qui ne devait pas durer plus d'une semaine, mais il s'est inquiété de son état de dénutrition. J'ai cessé de la voir et, comme elle me manquait, j'en ai profité pour arranger la chambre en son absence.

J'ai apporté un dessin à la plume que Cecilia Porras avait réalisé pour le recueil de nouvelles d'Alvaro Cepeda, *Todos estábamos a la espera*. Pour meubler mes nuits, j'ai pris les six tomes de *Jean-Christophe* de Romain Rolland. Si bien que lorsque Delgadina a pu revenir dans la chambre, elle l'a trouvée digne d'un bonheur sédentaire : l'air purifié avec un insecticide aromatisé, des murs roses, des lampes tamisées, des fleurs fraîches dans les vases, mes livres préférés, les beaux tableaux de ma mère accrochés de manière nouvelle, au goût du jour. J'avais changé le vieux poste de radio contre un autre à ondes courtes, branché en permanence sur un programme de musique classique afin que Delgadina apprenne à dormir avec les quatuors de Mozart, mais un soir je l'ai trouvé branché sur une station spécialisée en boléros à la mode. C'était son goût, sans aucun doute, et je l'ai accepté sans douleur, car moi aussi je l'avais cultivé avec passion dans mes belles années. Le lendemain, avant de rentrer chez moi, j'ai écrit au rouge à lèvres sur le miroir : *Ma petite, nous sommes seuls au monde.*

A peu près à la même époque, j'ai eu un jour l'impression étrange qu'elle devenait adulte avant l'heure. J'en ai fait part à Rosa Cabarcas, et cela lui a semblé normal. Elle aura quinze ans le cinq décembre, m'a-t-elle dit. Une Sagittaire parfaite. J'ai frissonné à l'idée qu'elle était réelle au point d'avoir un anniversaire. Que puis-je lui offrir ? Une bicyclette m'a répondu Rosa Cabarcas. Elle doit traverser la ville deux fois par jour pour aller coudre ses boutons. Elle m'a montré dans la remise la bicyclette qu'elle utilisait, et il est vrai qu'elle m'a fait l'effet d'un tas de ferraille indigne d'une femme tant aimée. Cependant, elle m'a ému parce que c'était la preuve tangible de l'existence de Delgadina dans la vie réelle.

Lorsque je suis allé acheter la plus belle des bicyclettes, je n'ai pu résister à la tentation de l'essayer et j'ai fait quelques tours devant l'entrée du magasin. Au vendeur qui me demandait mon âge j'ai répondu avec la coquetterie de la vieillesse : Je vais avoir quatre-vingt-onze ans. Le vendeur m'a dit ce que je voulais entendre : On vous en donnerait vingt de moins. Je n'en revenais pas moi-même de n'avoir rien oublié depuis le collège, et j'ai été envahi d'un plaisir sans pareil. Je me suis mis à chanter. D'abord pour moi seul, tout bas, puis à pleins poumons en me donnant des airs de Caruso, au milieu des échoppes bigarrées et de la circulation démente du marché. Les gens me regardaient amusés, m'apostrophaient, m'incitaient à participer au Tour de Colombie en fauteuil roulant. Moi, je leur adressais de la main un salut de pilote heureux sans interrompre ma chanson. Cette semaine-là, en hommage au mois de décembre, j'ai écrit une chronique audacieuse : *Comment être heureux à bicyclette quand on a quatre-vingt-dix ans.*

Le soir de son anniversaire, j'ai chanté à Delgadina la chanson tout entière et j'ai couvert son corps de baisers jusqu'à ne plus avoir de souffle : chaque vertèbre, une à une, jusqu'aux fesses langoureuses, la hanche avec le grain de beauté, le côté de son cœur inépuisable. Plus je l'embrassais plus son corps devenait chaud et exhalait une fragrance sauvage. Chaque millimètre de sa peau me répondait par de nouvelles vibrations et m'offrait une chaleur singulière, une saveur distincte, un soupir inconnu, tandis que de tout son être montait un arpège et que ses tétons s'ouvraient comme des fleurs sans même que je les touche. Au petit matin, alors que je glissais dans le sommeil, j'ai entendu comme une rumeur de foule venant de la mer et un affolement dans les arbres qui m'ont transpercé le cœur : *Delgadina ma bien-aimée, les brises de Noël sont arrivées.*

L'émoi que j'avais ressenti un matin comme celui-là en sortant de l'école fait partie de mes plus beaux souvenirs. Qu'est-ce qui m'arrive ? Etonnée, la maîtresse m'avait dit : Ah, mon garçon, tu ne vois pas que ce sont les brises ? Quatre-vingts ans plus tard il s'est de nouveau emparé de moi alors que je m'éveillais dans le lit de Delgadina, car c'était ce même mois de décembre qui revenait, ponctuel, avec son ciel diaphane, ses tempêtes de sable, ses tourbillons qui arrachaient le toit des maisons et soulevaient les jupes des écolières dans les rues. La ville avait alors une résonance fantomatique. Le soir, quand les brises se mettaient à souffler, des quartiers les plus hauts on pouvait entendre les cris du marché comme s'ils venaient de la rue d'à côté. Et il n'était pas rare que les rafales de décembre permettent de retrouver au son de leur voix les amis éparpillés dans des bordels lointains.

Cependant, avec les brises est arrivée aussi la mauvaise nouvelle que Delgadina fêterait Noël en famille et non avec moi. S'il est une chose que je déteste en ce monde, c'est bien les fêtes obligatoires, où les gens pleurent parce qu'ils sont joyeux, les feux d'artifice, les chants de Noël, les guirlandes de papier crépon qui n'ont rien à voir avec un enfant né deux mille ans auparavant dans une étable misérable. Quand le soir est arrivé, je n'ai pu me soustraire à la nostalgie et je suis allé dans la chambre où elle n'était pas. J'ai bien dormi et me suis réveillé près d'un ours en peluche qui marchait sur deux pattes comme un ours polaire, et d'une carte qui disait : *Pour mon vilain papa*. Rosa Cabarcas m'avait dit que Delgadina apprenait à lire grâce à mes leçons écrites sur le miroir, et son écriture m'a paru admirable. Mais quelle n'a pas été ma déception quand Rosa Cabarcas m'a avoué que l'ours c'était elle. Le soir du nouvel an, je suis resté chez moi, je me suis couché à huit heures et j'ai dormi sans amertume. Aux douze coups de minuit, entre les battements impétueux des cloches, les sirènes des usines, celles des pompiers, les complaintes des bateaux, les pétards et les fusées, mon cœur s'est empli de joie en sentant Delgadina entrer sur la pointe des pieds, se coucher à mes côtés et me donner un baiser. Si réel, qu'un goût de réglisse est resté sur mes lèvres.

4

Au début de l'année, nous avons commencé à nous connaître comme si nous vivions ensemble et réveillés, car ma voix avait pris un ton câlin qu'elle écoutait sans ouvrir les yeux, et elle me répondait avec le langage naturel de son corps. Ses états d'âme étaient visibles à sa façon de dormir. Epuisée et farouche les premiers temps, elle s'était laissée aller peu à peu à une paix intérieure qui embellissait son visage et enrichissait son sommeil. Je lui racontais ma vie, lui lisais à l'oreille les brouillons de mes chroniques dominicales qui, sans le dire, parlaient d'elle et d'elle seule.

Vers cette époque, j'ai déposé sur son oreiller des dormeuses d'émeraude qui avaient appartenu à ma mère. Elle les portait lors du rendez-vous suivant, mais elles ne lui seyaient pas. Je suis revenu avec des boucles d'oreilles mieux assorties à la couleur de sa peau. Les premières ne t'allaient pas à cause de ta personnalité et de ta coupe de cheveux, lui ai-je expliqué. Celles-ci t'iront mieux. Lors des deux rencontres suivantes elle n'en portait aucune, mais à la troisième elle avait mis celles que je lui avais conseillées. C'est ainsi que j'ai commencé à comprendre qu'elle n'obéissait pas à mes ordres mais attendait l'occasion de me faire plaisir. Je m'étais à ce point habitué à cette vie domestique que je n'ai plus dormi tout nu mais dans les pyjamas en soie de Chine que j'avais cessé de porter parce que je n'avais personne pour qui les ôter.

Je lui ai lu *Le Petit Prince* de Saint-Exupéry, un auteur français que le monde entier admire davantage que ses compatriotes. C'est le premier qui l'a divertie sans la réveiller, au point que j'ai dû me rendre dans la chambre deux soirs de suite pour en achever la lecture. Nous avons poursuivi avec les *Contes* de Perrault, *L'Histoire de Jésus*, *Les Mille et Une Nuits* dans une version aseptisée pour enfants, et aux différences entre un livre et l'autre j'ai compris que la profondeur de son sommeil dépendait de l'intérêt qu'elle portait aux histoires. Quand je sentais que je ne pouvais aller plus loin, j'éteignais la lumière et m'endormais en la tenant enlacée jusqu'au chant du coq.

J'étais si heureux que je baisais ses paupières avec une douceur extrême, et un soir il y a eu comme une lumière au firmament : elle a souri pour la première fois. Plus tard, elle a remué, m'a tourné le dos sans raison et a dit sur un ton dégoûté : C'est Isabel qui a fait pleurer les escargots. Enhardi à l'idée d'un possible dialogue, je lui ai demandé sur le même ton : A qui étaient-ils ? Elle n'a pas répondu. Sa voix avait un léger accent plébéien, comme si ce n'était pas la sienne mais celle d'une étrangère qui l'habitait. Alors, toute trace de doute a disparu de mon âme : je la préférais endormie.

Mon seul problème était le chat. Il était sans appétit, grognon, et depuis deux jours il n'avait pas bougé de son coin. Quand j'ai voulu le mettre dans le panier d'osier pour que Damiana l'emmène chez le vétérinaire, il m'a lancé un coup de griffe de fauve blessé. Elle l'a maîtrisé à grand-peine, l'a fourré dans un sac de toile et l'a emmené sans qu'il cesse de gigoter. Au bout d'un moment, elle m'a appelé de chez le vétérinaire pour me dire qu'il fallait le piquer et qu'on avait besoin de mon autorisation. Pourquoi ? Parce qu'il est très vieux, a dit Damiana. J'ai pensé non sans rage que moi aussi on pourrait me brûler vif dans le four à chats. Je me sentais désarmé, comme pris entre deux feux : je n'avais pas su aimer le chat mais je n'avais pas non plus le courage d'ordonner qu'on le tue pour la simple raison qu'il était vieux. Où était-ce écrit dans le manuel ?

L'incident m'a bouleversé au point que j'ai écrit ma chronique pour le dimanche suivant en usurpant un titre de Neruda :

Le chat est-il un minuscule tigre de salon ? Elle a suscité une nouvelle campagne qui, une fois encore, a divisé les lecteurs en pour ou contre les chats. En cinq jours, il est apparu qu'il pouvait être licite de faire piquer un chat pour des raisons de santé publique, mais non parce qu'il est vieux.

Après la mort de ma mère, il m'arrivait de me réveiller terrorisé par la sensation qu'on me touchait dans mon sommeil. Une nuit je l'ai éprouvée, mais la voix de ma mère m'a rendu à la tranquillité : *Figlio mio poveretto*. Puis je l'ai éprouvée de nouveau un matin, dans la chambre de Delgadina, et j'ai frétillé de plaisir à l'idée que c'était elle qui m'avait touché. Mais non : c'était Rosa Cabarcas dans le noir. Habille-toi et viens, m'a-t-elle dit, j'ai un problème grave.

En effet, et c'était même plus grave que je ne l'avais cru. Dans la première chambre du pavillon, on avait assassiné à coups de couteau un de ses plus importants clients. L'assassin avait pris la fuite. Le cadavre, énorme, nu, chaussures aux pieds, était pâle comme un poulet bouilli dans le lit trempé de sang. Je l'ai tout de suite reconnu : c'était J. M. B., un grand banquier, célèbre pour sa prestance, son aménité, son élégance vestimentaire et surtout pour sa vie de famille irréprochable. Il avait au cou deux blessures violacées pareilles à des lèvres, et une entaille au ventre qui n'avait pas fini de saigner. Il était encore chaud. Plus que par les blessures, j'ai été impressionné par le préservatif en apparence non utilisé enfilé sur son sexe rabougri par la mort.

Rosa Cabarcas ne savait pas avec qui il était, parce que lui aussi jouissait du privilège d'entrer par la porte du jardin. Elle n'écartait pas la possibilité que son partenaire fût un homme. Tout ce qu'elle attendait de moi était un coup de main pour habiller le cadavre. Elle était si sûre d'elle que j'ai frémi à l'idée que la mort n'était peut-être pour elle qu'une simple tâche ménagère. Il n'y a rien de plus difficile que d'habiller un mort, ai-je dit. Je ne compte plus les fois où je l'ai fait, a-t-elle répliqué. C'est facile si quelqu'un le tient. Je lui ai fait remarquer : Tu te figures qu'un corps tailladé à coups de couteau dans un costume impeccable de gentleman anglais va passer inaperçu ?

J'ai tremblé pour Delgadina. Il vaudrait mieux que tu l'emmènes avec toi, a dit Rosa Cabarcas. Plutôt mourir, ai-je répondu, glacé d'effroi. Elle s'en est aperçue et n'a pu cacher son mépris : Mais tu trembles ! Pour elle, ai-je répondu, même si ce n'était qu'une demi-vérité. Dis-lui de partir avant qu'ils n'arrivent. D'accord, a dit Rosa Cabarcas, mais toi, en tant que journaliste, tu ne risques rien. Toi non plus, ai-je répliqué avec une certaine rancœur : Le seul libéral qui commande dans ce gouvernement, c'est toi.

La ville, appréciée pour son caractère pacifique et sa sécurité séculaire, avait pourtant le malheur d'être chaque année le théâtre d'un assassinat scandaleux et atroce. Celui-ci n'en fut pas un. L'information officielle, prolixe en gros titres mais avare de détails, disait que le jeune banquier avait été agressé et poignardé sur la route de Pradomar pour des raisons incompréhensibles. Il n'avait pas d'ennemis. Le communiqué gouvernemental désignait comme assassins présumés des réfugiés de l'intérieur du pays qui se livraient à des actes de délinquance contraires au civisme des citoyens de la ville. Aux premières heures du matin, on avait arrêté plus de cinquante personnes.

Scandalisé, je suis allé trouver le chroniqueur judiciaire, un journaliste tout droit sorti des années vingt, qui portait une casquette à visière en celluloïd vert et des garde-manches, et prétendait anticiper les événements. Comme il ne connaissait que quelques bribes de l'affaire, je lui en ai dit un peu plus tout en restant prudent. Nous avons écrit ainsi cinq feuillets à quatre mains pour divulguer en première page et sur huit colonnes une information attribuée à l'éternel fantôme des sources officieuses.

Cependant, la main de « l'Abominable homme de neuf heures » n'a pas tremblé pour imposer la version officielle selon laquelle il s'agissait d'un crime perpétré par des bandits libéraux. J'ai lavé ma conscience en portant un brassard de deuil aux funérailles les plus cyniques et populeuses du siècle.

Quand je suis rentré chez moi ce soir-là, j'ai appelé Rosa Cabarcas pour savoir ce qu'il était advenu de Delgadina, mais son téléphone est resté muet pendant quatre jours. Le cinquième, je suis allé chez elle en serrant les dents. Les scellés avaient été posés sur les portes non par la police mais par les services sanitaires. Personne dans le voisinage n'était au courant de quoi que ce soit. Il n'y avait trace nulle part de Delgadina, et je me suis livré à une enquête désespérée et parfois ridicule qui m'a laissé au bout du rouleau. J'ai passé des jours et des jours à observer les jeunes filles à bicyclette du haut de l'escalier d'un parc poussiéreux, où les enfants jouaient à escalader la statue délabrée de Simón Bolívar. Elles passaient en pédalant, telles des biches ; belles, offertes, on eût dit qu'elles jouaient à cache-cache. Quand tout espoir s'est évanoui, je me suis réfugié dans la paix des boléros. Ce fut comme boire une liqueur empoisonnée : elle était dans chaque mot. J'avais toujours eu besoin de silence pour écrire, car mon esprit se laisse aller à la musique plus qu'à l'écriture. Là, c'était le contraire : je ne pouvais écrire qu'à l'ombre des boléros. Elle remplissait mon âme. Les chroniques que j'ai écrites au cours de ces deux semaines étaient des modèles de lettres d'amour codées. Le rédacteur en chef, contrarié par l'avalanche de courrier, m'a demandé de modérer ma passion, le temps de trouver le moyen de consoler tous ces lecteurs amoureux.

L'anxiété a eu raison de la discipline de mes journées. Réveillé à cinq heures, je restais dans la pénombre de ma chambre, imaginant la vie irréelle de Delgadina en train de tirer ses frères du lit, de les habiller pour l'école, de préparer leur petit déjeuner, si elle avait de quoi, et de traverser la ville sur sa bicyclette pour aller coudre ses boutons comme une condamnée. Je me surprenais à me demander : A quoi pense une femme pendant qu'elle coud un bouton ? Pensait-elle à moi ? Cherchait-elle comme moi Rosa Cabarcas pour me retrouver ? J'ai passé une semaine sans ôter ma salopette, ni de jour ni de nuit, sans me laver, sans me raser, sans me brosser les dents, parce que l'amour m'avait enseigné trop tard qu'on se fait beau pour quelqu'un, qu'on s'habille et se parfume pour quelqu'un, et moi je n'avais jamais eu personne pour qui faire tout cela. En me voyant tout nu dans le hamac, à dix heures du matin, Damiana a cru que j'étais souffrant. La convoitise me troublait la vue et je l'ai invitée à s'ébattre nue avec moi. Elle m'a dit, en me lançant un regard de mépris :

— Et vous avez pensé à ce que vous ferez si j'accepte ?

J'ai compris à quel point la souffrance m'avait avili. Dans ma douleur d'adolescent, je ne me reconnaissais pas moi-même.

Je ne sortais plus de la maison pour ne pas rater un coup de téléphone. J'écrivais sans le débrancher, et à la première sonnerie je bondissais sur le combiné en pensant que ce pouvait être Rosa Cabarcas. J'interrompais à tout instant ce que j'étais en train de faire pour l'appeler, et j'ai insisté des jours durant jusqu'à me rendre compte que c'était un téléphone sans cœur.

En rentrant chez moi par un après-midi pluvieux, j'ai trouvé le chat pelotonné sur le perron. Il était sale, mal en point, et sa docilité faisait pitié. En consultant le manuel j'ai compris qu'il était malade et j'ai suivi les instructions pour le ravigoter. Tout à coup, alors que je piquais un petit somme à l'heure de la sieste, l'idée m'est venue qu'il pourrait me conduire chez Delgadina. Je l'ai emmené dans un sac à provisions jusqu'au magasin de Rosa Cabarcas, qui était toujours fermé et sans signe de vie, et le chat s'est débattu avec une telle vigueur qu'il s'est échappé du cabas, a sauté par-dessus le mur du jardin et a disparu entre les arbres. J'ai frappé à la porte à coups de poing, et une voix de militaire a demandé : Qui va là ? Des gens de paix, ai-je répondu pour ne pas être en reste. Je cherche la patronne. Il n'y a pas de patronne. Ouvrez-moi au moins pour que je puisse reprendre mon chat. Il n'y a pas de chat. Qui êtes-vous, ai-je demandé ?

— Personne, a répondu la voix.

J'avais toujours cru que mourir d'amour n'était qu'une licence poétique. Cette après-midi-là, de retour à la maison sans le chat et sans elle, j'ai constaté qu'il était possible de mourir, et surtout que moi, vieux et seul comme je l'étais, j'étais bel et bien en train de mourir d'amour. Mais je me suis aperçu que le contraire était tout aussi vrai : pour rien au monde je n'aurais renoncé aux délices de mon chagrin. J'avais perdu plus de quinze ans à essayer de traduire les *Canti* de Leopardi et ce n'est que ce soir-là que je les ai ressentis au plus profond de moi-même : *Hélas, si c'est l'amour, comme il tourmente !*

Mon entrée au journal en salopette et mal rasé a éveillé quelques soupçons sur mon état mental. L'immeuble, rénové, avec des box individuels en verre et la lumière crue des plafonniers, ressemblait à une maternité. L'ambiance artificielle, silencieuse et feutrée, invitait à parler à voix basse et à marcher sur la pointe des pieds. Dans le hall, tels des vice-rois défunts, se trouvaient les portraits à l'huile des trois directeurs à vie et les photos des visiteurs illustres. La grande salle principale était présidée par la photographie géante de la rédaction actuelle prise le jour de mon anniversaire. Je n'ai pu éviter la comparaison avec l'autre, celle de mes trente ans, et j'ai constaté une fois de plus avec horreur qu'on vieillit davantage et plus mal sur les portraits que dans la réalité. La secrétaire qui m'avait embrassé pour mon anniversaire m'a demandé si j'étais malade. J'ai été ravi de lui répondre la vérité afin qu'elle ne la croie pas : Malade d'amour. Dommage que ce ne soit pas pour moi ! a-t-elle dit. Je lui ai retourné le compliment : Sait-on jamais.

Le chroniqueur judiciaire est sorti de

son box en criant qu'il y avait deux mortes non identifiées au funérarium municipal. Effrayé, je lui ai demandé : Quel âge ? Jeunes, a-t-il précisé. Ce sont peut-être des réfugiées de la province que des sbires du régime ont traquées jusqu'ici. J'ai poussé un soupir de soulagement. La crise s'étend en silence comme une tache de sang, ai-je dit. Le journaliste, déjà loin, a lancé : Pas de sang, *maestro*, de merde.

Mais quelques jours plus tard ce fut pire encore, quand une jeune fille avec un panier pareil à celui du chat est passée tout à coup comme un frisson devant la librairie Mundo. Je l'ai suivie en jouant des coudes dans la cohue grouillante de la mi-journée. Elle était très belle, avançait à grandes enjambées en fendant la foule avec grâce, et j'ai eu du mal à la rattraper. Je l'ai enfin dépassée et ai fait volte-face pour la regarder. Elle m'a écarté d'un geste de la main sans s'arrêter ni s'excuser. Je m'étais trompé, mais son arrogance m'a fait mal comme s'il s'était agi d'elle. Alors, j'ai compris que je serais incapable de reconnaître

Delgadina éveillée et habillée, et qu'elle ne pouvait pas savoir qui j'étais puisqu'elle ne m'avait jamais vu. Dans un accès de folie, j'ai tricoté pendant trois jours douze paires de petits chaussons roses et bleus en essayant de ne pas écouter ni fredonner ni même me rappeler les chansons qui me faisaient penser à elle.

En vérité mon cœur était à bout, et mes faiblesses devant l'amour commençaient à me faire prendre conscience de mon âge. J'en ai eu une preuve plus dramatique encore lorsqu'un autobus a renversé une cycliste en plein quartier commercial. On venait de l'emmener en ambulance, et le vélo réduit à un tas de ferraille au milieu d'une mare de sang frais donnait la mesure de la tragédie. Mais j'ai moins été impressionné par l'état de la bicyclette que par la marque, le modèle et la couleur. C'était à n'en pas douter celle que j'avais offerte à Delgadina.

Les témoins affirmaient que la cycliste blessée était très jeune, grande, mince, avec des cheveux courts et frisés. Affolé, j'ai bondi dans le premier taxi qui passait et me suis fait conduire à l'Hôpital de la Charité, une vieille bâtisse aux murs ocre qui avait l'air d'une prison enlisée dans du sable. Il m'a fallu plus d'une demi-heure pour entrer, et une autre pour sortir d'un patio d'arbres fruitiers odorants où une infortunée m'a barré la route et s'est écriée en me regardant droit dans les yeux :

— Je suis celle que tu ne cherches pas.

Je me suis alors souvenu que là vivaient en liberté les malades inoffensifs de l'asile municipal. J'ai dû me présenter comme journaliste à la direction de l'hôpital pour qu'un infirmier me conduise aux urgences. Tous les renseignements figuraient sur le registre des entrées : Rosalba Ríos, seize ans, sans profession. Diagnostic : commotion cérébrale. Pronostic : réservé. J'ai demandé au chef du service si je pouvais la voir, dans l'espoir secret qu'il me répondrait non, mais il a acquiescé, enchanté à l'idée que je voudrais peut-être écrire quelque chose sur l'état d'abandon dans lequel se trouvait l'hôpital.

Nous avons traversé une salle bigarrée qui dégageait une forte odeur d'acide phénique, où les malades gisaient recroquevillés sur les lits. Au fond, seule dans une chambre, allongée sur un brancard métallique, se trouvait celle que nous cherchions. Elle avait le crâne entouré d'un bandage, son visage gonflé et bleui était méconnaissable, mais il m'a suffi de voir ses pieds pour savoir que ce n'était pas elle. Une question à laquelle je n'avais pas pensé m'a soudain traversé l'esprit : Qu'aurais-je fait si ç'avait été elle ?

Le lendemain, encore prisonnier des toiles d'araignées de la nuit, j'ai trouvé le courage d'aller à l'usine de chemises où, d'après ce que m'avait dit un jour Rosa Cabarcas, la petite travaillait, et j'ai demandé au propriétaire de me faire visiter les installations sous prétexte qu'elles pourraient servir de modèle à un projet continental des Nations unies. C'était un Libanais pachydermique et taciturne, qui m'a ouvert les portes de son royaume dans l'illusion qu'il serait un exemple universel.

Trois cents jeunes filles en blouse blanche, la croix de cendre du mercredi saint dessinée sur le front, cousaient des boutons dans la vaste nef illuminée. Quand elles nous ont vus entrer, elles se sont levées comme des écolières et nous ont observés en coin, tandis que le directeur décrivait sa contribution à l'art immémorial de la couture du bouton. J'ai scruté les visages un à un, terrifié à l'idée de découvrir Delgadina habillée et éveillée. Mais c'est l'une d'elles qui m'a reconnu et m'a dit, avec le regard redoutable de l'admiration inclémente :

— Monsieur, n'est-ce pas vous qui écrivez des lettres d'amour dans le journal ?

Jamais je n'aurais imaginé qu'une petite fille endormie puisse provoquer en moi un tel cataclysme. Je me suis enfui de l'usine sans prendre congé et sans penser que celle que je cherchais se trouvait peut-être parmi ces jeunes vierges en purgatoire. Une fois dehors, j'ai eu l'impression que je n'avais plus envie de rien, sauf de pleurer.

Rosa Cabarcas a appelé un mois plus tard avec une explication invraisemblable :

après l'assassinat du banquier, elle avait pris un repos bien mérité à Cartagène des Indes. Je ne l'ai pas crue, bien sûr, mais je l'ai tout de même félicitée pour cette bonne nouvelle et l'ai laissée s'empêtrer dans son mensonge avant de lui poser la question qui gargouillait dans mon cœur.

— Et elle ?

Rosa Cabarcas a observé un long silence. Elle est là, a-t-elle dit enfin, mais sur un ton évasif : Il faut attendre un peu. Combien de temps ? Aucune idée, je te préviendrai. J'ai senti qu'elle se dérobait et l'ai arrêtée net : Attends, dis-m'en un peu plus. Il n'y a rien à dire, a-t-elle répondu. Mais fais attention, tu peux t'attirer des ennuis et surtout lui en attirer à elle. Je n'étais pas disposé à tolérer ce genre de dérobades. Je l'ai suppliée de me donner au moins un semblant de vérité. Au bout du compte, ai-je ajouté, nous sommes complices. Elle n'a pas cédé. Calme-toi, la petite va bien et elle attend que je l'appelle, mais pour l'instant il n'y a rien à faire et je ne dirai rien. Au revoir.

Je suis resté le téléphone à la main sans plus savoir que faire, car je la connaissais assez pour me dire que je n'obtiendrais rien d'elle si ce n'était par la manière douce. En début d'après-midi, j'ai fait un tour chez elle comme si de rien n'était, me fiant plus au hasard qu'à la raison, et j'ai trouvé la maison toujours fermée et scellée par les services sanitaires. J'ai pensé que Rosa Cabarcas m'avait appelé de loin, peut-être d'une autre ville, et cette seule idée m'a rempli de fâcheux pressentiments. Cependant, à six heures, alors que je ne m'y attendais pas, elle m'a lancé au téléphone mon propre mot de passe : Aujourd'hui, oui.

A dix heures, tremblant, me mordant les lèvres pour ne pas pleurer, je suis allé là-bas les bras pleins de boîtes de chocolats suisses, de nougats, de bonbons, et avec une corbeille de roses ardentes pour les répandre sur le lit. La porte était entrouverte, les lumières allumées et la radio diffusait tout bas la sonate numéro un pour piano et violon de Brahms. Sur le lit, Delgadina était si rayonnante et si différente que j'ai eu du mal à la reconnaître.

Elle avait grandi et on le remarquait non pas à sa taille mais à une maturité exacerbée qui la faisait paraître plus âgée de deux ou trois ans et plus nue que jamais. Ses pommettes hautes, sa peau dorée par les soleils d'une mer sauvage, ses lèvres fines et ses cheveux courts et frisés donnaient à son visage l'éclat androgyne de l'Apollon de Praxitèle. Mais rien ne prêtait à équivoque, car ses seins avaient grossi au point qu'ils ne tenaient plus dans mes mains, ses hanches avaient achevé leur développement et son ossature était devenue plus ferme et harmonieuse. Ces perfectionnements de la nature m'ont ravi, mais les artifices me mettaient mal à l'aise : les faux cils, le vernis des ongles des pieds et des mains, et un parfum bon marché qui n'avait rien à voir avec l'amour. Cependant, ce qui m'a mis hors de moi a été la fortune qu'elle portait sur elle : boucles d'oreilles en or incrustées d'émeraudes, collier de perles fines, bracelet d'or avec des éclats de diamant, et bagues en pierres précieuses à tous les doigts. Sur la chaise, il y avait sa robe de tapineuse à dentelle et à paillettes et des souliers de satin. Une vapeur étrange est montée de mes entrailles.

— Putain ! ai-je crié.

Car le diable m'avait soufflé à l'oreille une pensée sinistre. La voici : la nuit du crime, Rosa Cabarcas n'ayant sans doute eu ni le temps ni le sang-froid de prévenir la petite, la police avait trouvé une mineure seule et sans alibi dans la chambre. Personne, hormis Rosa Cabarcas, n'aurait pu démêler pareille situation : elle avait vendu la virginité de la petite à l'un de ses grands manitous en échange du blanchiment du crime. La première chose, bien sûr, était de disparaître en attendant que le scandale s'apaise. Un véritable rêve ! Une lune de miel à trois, tous les deux au lit et Rosa Cabarcas sur une terrasse luxueuse, jouissant d'une bienheureuse impunité. Aveuglé par une fureur irrationnelle, j'ai lancé les objets un par un contre le mur : les lampes, le poste de radio, le ventilateur, les miroirs, les vases, les verres. Sans hâte mais sans m'arrêter, dans un fracas énorme et avec une ivresse méthodique qui m'a sauvé la vie. La petite a sursauté au premier objet brisé, mais au lieu de se tourner vers moi elle s'est blottie sur elle-même et n'a plus bougé, sauf de légers tressaillements, jusqu'à ce que cesse le boucan. Les poules dans la cour et les chiens vagabonds amplifiaient le vacarme. A la fin, alors que dans ma colère aveugle mais lucide je m'apprêtais à mettre le feu à la maison, la silhouette impassible de Rosa Cabarcas en chemise de nuit est apparue sur le pas de la porte. Elle n'a rien dit. Du regard, elle a procédé à l'inventaire et a constaté que la petite s'était lovée comme un coquillage, la tête entre les bras : atterrée mais indemne.

— Seigneur Dieu ! s'est écriée Rosa Cabarcas. Que n'aurais-je pas donné pour un amour comme celui-ci !

Elle m'a toisé des pieds à la tête avec des yeux pleins de miséricorde et m'a ordonné : Viens. Je l'ai suivie dans la maison, où elle m'a servi un verre d'eau en silence et m'a invité d'un geste à m'asseoir devant elle pour m'entendre en confession : Bon, maintenant arrête de faire l'enfant et raconte-moi : qu'est-ce qui t'a pris ?

Je lui ai raconté ce que je tenais pour une vérité irréfutable. Rosa Cabarcas m'a écouté sans dire un mot, sans marquer d'étonnement et, à la fin, elle a semblé comme illuminée. C'est merveilleux, s'est-elle écriée. J'ai toujours dit que la jalousie est plus éclairante que la vérité. Alors, elle m'a avoué la réalité toute crue. Bouleversée par le crime de cette nuit-là, elle avait en effet oublié la petite endormie dans la chambre. Un de ses clients, l'avocat du mort qui plus est, avait réparti à pleines mains prébendes et pots-de-vin, et invité Rosa Cabarcas à demeurer dans un hôtel de Cartagène des Indes le temps que le scandale se dissipe. Crois-moi, a-t-elle ajouté, pendant tous ces jours je n'ai pas cessé de penser une minute à toi et à la petite. Je suis revenue avant-hier et la première chose que j'ai faite a été de t'appeler, mais personne n'a répondu. En revanche, la petite est venue tout de suite et en si mauvais état que je te l'ai baignée, habillée et envoyée au salon de beauté avec l'ordre qu'on l'apprête comme une reine. Et tu as vu : elle est parfaite. Les vêtements de luxe ? Ce sont ceux que je loue pour mes pensionnaires les plus pauvres quand elles doivent aller danser avec un client. Les bijoux ? Ce sont les miens. Il suffit de les toucher pour se rendre compte que ce sont des cailloux et du fer-blanc. Alors, arrête de faire chier : Vas-y, réveille-la, demande-lui pardon et occupe-toi d'elle une bonne fois pour toutes. Personne ne mérite d'être plus heureux que vous.

J'ai fait un effort surhumain pour la croire, mais l'amour a été plus fort que la raison. Putains ! ai-je crié, tourmenté par le feu qui me consumait les entrailles. C'est tout ce que vous êtes : des putains de merde ! Je ne veux plus rien savoir de toi, ni d'aucune de tes catins et d'elle encore moins. De la porte je lui ai adressé un geste d'adieu définitif. Résignée, Rosa Carbarcas a dit avec un rictus de tristesse :

— Que Dieu te garde. Mais elle est aussitôt redescendue sur terre. De toute façon je te passerai la facture du bordel que tu as foutu dans la chambre.

5

En lisant *Les Ides de Mars*, j'ai trouvé une phrase sinistre que l'auteur attribue à Jules César : *Il est impossible de ne pas finir par être tel que les autres vous voient.* Je n'ai pu vérifier sa véritable origine dans l'œuvre de César ni dans celles de ses biographes, de Suétone à Jérôme Carcopino, mais elle valait la peine d'être retenue. Son fatalisme, appliqué aux événements de ma vie dans les mois qui ont suivi, m'a donné la détermination qui me manquait pour écrire ce Mémoire et l'ouvrir sans pudeur sur mon amour pour Delgadina.

Je n'avais pas un instant de paix, c'est à peine si je touchais à la nourriture, et j'avais tant maigri que je flottais dans mes pantalons. Les douleurs erratiques ne quittaient pas mes os, mon humeur changeait sans raison, la nuit j'étais dans un état de voyance lucide qui ne me permettait ni de lire ni d'écouter de la musique, et la journée une somnolence comateuse me faisait piquer du nez sans que je parvienne à dormir.

Le soulagement est tombé du ciel. Dans l'autobus bondé de Loma Fresca, une personne assise à côté de moi, que je n'avais pas vue monter, m'a murmuré à l'oreille : Tu baises encore ? C'était Casilda Armenta, un vieil amour à trois francs six sous qui m'avait supporté comme client assidu depuis qu'elle était une adolescente altière. Une fois à la retraite, à moitié malade et sans un centime, elle avait épousé un horticulteur chinois qui lui avait apporté son aide, donné son nom et peut-être un peu d'amour. A soixante-treize ans elle n'avait pas pris un gramme, elle était toujours belle et énergique et avait gardé intacte l'impudence du métier.

Elle m'a conduit chez elle, en haut d'une

colline sur la route de la mer où des Chinois cultivent la terre. Nous nous sommes assis dans des chaises longues sur la terrasse ombragée, entre les fougères, les massifs d'astromélias et les cages à oiseaux suspendues à l'auvent. A flanc de coteau, on apercevait les jardiniers chinois coiffés de chapeaux coniques qui semaient sous le soleil brûlant, et le bassin grisâtre de las Bocas de Ceniza avec les deux brise-lames de roche qui canalisent le fleuve sur plusieurs kilomètres dans la mer. Tandis que nous bavardions, un transatlantique blanc est entré dans l'estuaire et nous l'avons suivi des yeux, en silence, jusqu'au moment où nous avons entendu son mugissement de taureau lugubre dans le port fluvial. Tu te rends compte ? a-t-elle dit dans un soupir. C'est la première fois en plus de cinquante ans que je ne te reçois pas dans mon lit. Nous ne sommes plus les mêmes, ai-je dit. Elle a poursuivi sans m'écouter : Chaque fois qu'on dit quelque chose sur toi à la radio, qu'on te couvre d'éloges parce que les gens t'aiment bien et t'appellent le maître de l'amour, excuse-moi du peu, je me dis que personne n'a connu tes travers et tes bizarreries aussi bien que moi. C'est vrai, personne n'aurait pu te supporter comme je l'ai fait.

J'ai craqué. Elle l'a senti, et en voyant mes yeux se mouiller de larmes elle a dû s'apercevoir tout à coup que je n'étais plus celui que j'avais été. J'ai soutenu son regard avec un courage dont je ne me serais jamais cru capable. C'est que je me fais vieux lui ai-je dit. Nous sommes vieux, a-t-elle soupiré. L'ennui c'est qu'au-dedans on ne le sent pas, mais qu'au-dehors tout le monde le voit.

Il était impossible de ne pas lui ouvrir mon cœur, aussi lui ai-je raconté sans rien omettre l'histoire qui me brûlait les entrailles, depuis mon premier coup de téléphone à Rosa Cabarcas la veille de mes quatre-vingt-dix ans, jusqu'à la nuit tragique où j'avais saccagé la chambre et n'y avais plus remis les pieds. Elle m'a écouté déverser mon chagrin comme si elle le vivait, a médité un moment et, à la fin, m'a dit dans un sourire : Fais comme bon te semble, mais ne perds pas cette gamine. Il n'est pire malheur que de mourir seul.

Nous sommes allés à Puerto Colombia par le petit train miniature aussi lent qu'un cheval au pas. Nous avons déjeuné face à la jetée de bois vermoulu par où le monde entier était entré dans le pays avant qu'on ne drague les Bocas de Ceniza. Nous nous sommes assis sous une paillote, où de grandes matrones noires servaient du poisson frit accompagné de riz à la noix de coco et de rondelles de bananes vertes. Nous avons somnolé dans la torpeur lourde de deux heures et poursuivi notre conversation jusqu'à ce que l'énorme soleil incandescent s'enfonce dans la mer. La réalité me semblait fantastique. Regarde où s'est échouée notre lune de miel, a-t-elle dit sur un ton moqueur. Puis, reprenant son sérieux, elle a ajouté : Aujourd'hui, quand je regarde en arrière, je vois défiler les milliers d'hommes qui sont passés dans mon lit et je donnerais mon âme pour être restée avec le pire d'entre eux. Grâce à Dieu, j'ai rencontré mon Chinois à temps. C'est comme être mariée avec un petit doigt, mais il est tout à moi.

Elle m'a regardé dans les yeux et a guetté ma réaction avant de poursuivre : Va sans attendre chercher cette pauvre gosse même si ce que te dit ta jalousie est vrai, car personne, je dis bien personne, ne peut te reprendre ce que tu as vécu. Mais sans romantisme de grand-père. Réveille-la, baise-la jusque par les oreilles avec ce braquemart de cheval dont t'a gratifié le diable pour te récompenser de ta lâcheté et de ta mesquinerie. Et du fond du cœur elle a conclu : Ne va pas mourir avant de faire l'expérience de tirer un coup par amour.

Le lendemain, ma main tremblait quand j'ai composé le numéro de téléphone. Autant à cause de la nervosité à l'idée de revoir Delgadina que de l'incertitude quant à la façon dont me répondrait Rosa Cabarcas. Nous avions eu une querelle sérieuse à cause du prix abusif qu'elle avait fixé pour les dégâts que j'avais causés dans sa chambre. J'avais dû vendre un des tableaux préférés de ma mère, qui valait une véritable fortune, mais à l'heure de vérité je n'en avais pas tiré le dixième de ce que j'espérais. J'ai arrondi la somme avec le reste de mes économies, et j'ai porté le tout à Rosa Cabarcas à cette seule condition : C'est à prendre ou à laisser. Ce qui équivalait à une action suicidaire, car en ne vendant qu'un seul de mes secrets elle aurait anéanti ma bonne réputation. Mais elle n'a pas bronché et a gardé les tableaux qu'elle avait pris en gage le soir de la dispute. J'avais tout perdu d'un seul coup de dés : Delgadina, Rosa Cabarcas et mes dernières économies. Cependant, la sonnerie a retenti une fois, deux fois et, à la troisième, elle a décroché. Qui est-ce ? La voix m'a manqué. J'ai raccroché. Je me suis jeté dans le hamac en essayant de me rasséréner à l'aide du lyrisme ascétique de Satie, et j'ai tant transpiré que j'ai trempé la toile. Je n'ai pas eu le courage de rappeler avant le lendemain.

— Très bien, ai-je dit d'une voix ferme. Aujourd'hui, oui.

Rosa Cabarcas, bien sûr, était au-delà de tout ça. Ah, mon pauvre vieux, a-t-elle soupiré, le moral à toute épreuve, tu disparais pendant deux mois et tu ne reviens que pour exiger des chimères. Elle m'a raconté qu'elle n'avait pas revu Delgadina depuis plus d'un mois, mais que la petite semblait si bien remise de la frayeur de mes ravages qu'elle n'en avait pas dit un mot, pas plus qu'elle n'avait demandé de mes nouvelles, et qu'elle était très contente parce qu'elle avait un nouveau travail, plus agréable et mieux payé que les boutons. Une boule de feu m'a embrasé les entrailles. Elle fait la putain, ai-je dit. Rosa Cabarcas m'a répondu sans se troubler : Ne sois pas idiot, si c'était ça elle serait ici. Où pourrait-elle être mieux ? Sa logique à toute épreuve a exacerbé mes doutes. Et qui me garantit qu'elle n'est pas là ? Si c'est comme ça, il vaut mieux que tu ne saches pas. Tu ne crois pas ? Une fois de plus je l'ai détestée. Mais elle, ne reculant devant rien, a promis de se lancer sur les traces de la petite. Sans trop d'illusions, parce que le téléphone de la voisine, chez qui elle appelait, avait été coupé et elle ne connaissait pas son adresse. Pas la peine de te suicider pour ça, bon Dieu, dans une heure je t'appelle.

Ç'a été une heure qui a duré trois jours, mais elle a trouvé la petite disponible et en bonne santé. Je suis revenu mort de honte, et pour faire pénitence je l'ai embrassée pouce par pouce de minuit jusqu'au chant du coq. Un long pardon que je me suis juré de répéter à l'infini, et j'ai eu l'impression de tout reprendre depuis le début. La chambre avait été démantelée, et la négligence avait eu raison de tout ce que j'y avais apporté. Rosa Cabarcas l'avait laissée en l'état et m'a averti que toute amélioration serait à ma charge à cause de ce que je lui devais. J'étais au bord du gouffre. L'argent de mes retraites me suffisait de moins en moins. Le peu d'objets vendables qui restait dans la maison n'avait aucune valeur marchande – sauf les bijoux sacrés de ma mère –, et rien n'était assez vieux pour être ancien. En des temps meilleurs, le gouverneur m'avait tenté en offrant de m'acheter en bloc les classiques grecs, latins et espagnols pour la bibliothèque départementale, mais je n'avais pas eu le cœur de les lui vendre. A présent, avec les changements politiques et la détérioration du monde, plus personne au gouvernement ne songeait aux arts et aux lettres. Fatigué de chercher une solution honorable, j'ai fourré dans ma poche les bijoux que Delgadina m'avait rendus et je suis allé les mettre au clou dans une ruelle sinistre qui donnait sur le marché. Avec des airs de vieux bonhomme distrait, j'ai parcouru en long et en large ce coupe-gorge plein de cantines mal famées, de librairies d'occasion et de monts-de-piété, mais la dignité de Florina de Dios s'est interposée : je n'ai pas osé. Alors j'ai pris la décision de les vendre la tête haute chez le bijoutier le plus ancien et le plus réputé.

L'employé m'a posé quelques questions tandis qu'il examinait les bijoux à la loupe. Il avait l'allure, le style et la gravité d'un médecin alarmé. Je lui ai expliqué que ces bijoux avaient appartenu à ma mère. Il acquiesçait par un grognement à chacune de mes explications et, à la fin, a ôté la loupe de son œil en disant : Je suis désolé, mais ce sont des tessons de bouteille.

Devant mon air sidéré, il m'a expliqué dans un élan de commisération : Mais l'or est bien de l'or et le platine du platine. J'ai tâté mes poches pour vérifier que j'avais les factures sur moi et j'ai dit, sans me fâcher : Ils ont été achetés dans cette noble maison il y a plus de cent ans.

Il n'a pas bronché. Il arrive qu'on hérite de bijoux dont les pierres les plus précieuses se sont volatilisées avec le temps ; subtilisées par quelque panier percé de la famille ou des joailliers malhonnêtes, et le jour où on veut les vendre on découvre le pot aux roses. Mais donnez-moi une minute, a-t-il ajouté en emportant les bijoux dans la pièce du fond. Il est revenu au bout d'un moment, et sans aucune explication m'a fait signe de m'asseoir tout en reprenant son travail.

J'ai examiné la boutique. J'y étais venu

à plusieurs reprises avec ma mère, et je me souvenais d'une phrase qu'elle me répétait souvent : *Surtout ne dis rien à ton père.* Soudain, une idée m'a traversé l'esprit et m'a donné le frisson : Rosa Cabarcas et Delgadina, d'un commun accord, n'auraient-elles pas vendu les pierres authentiques et rendu des bouts de verre ?

J'étais torturé par le doute quand une secrétaire m'a invité à la suivre dans cette même pièce du fond, où il y avait une grande étagère garnie d'énormes dossiers. Un Bédouin colossal s'est levé de derrière le bureau et m'a serré la main en me tutoyant comme un vieil ami. On a passé le baccalauréat ensemble m'a-t-il dit, en guise de salut. Je n'ai eu aucun mal à le reconnaître : c'était le meilleur footballeur de l'école et le champion de nos premières virées dans les bordels. Un beau jour j'avais cessé de le voir, et il me trouvait sans doute si décati qu'il me prenait pour un de ses camarades d'enfance.

Sur la plaque de verre qui recouvrait le bureau, un des énormes registres était ouvert à la page où avaient été archivées les opérations de ma mère. Un historique exhaustif, avec les dates et les détails prouvant qu'elle-même avait, dans cette même bijouterie, vendu et fait remplacer les pierres précieuses ayant appartenu à deux générations de belles et dignes Cargamantos. Cela avait eu lieu au temps où le père du propriétaire actuel tenait le magasin et où ce dernier et moi allions encore à l'école. Mais il m'a rassuré : dans les grandes familles en difficulté, ces tractations étaient monnaie courante pour faire face aux revers de fortune sans attenter à l'honneur. Devant la terrible réalité, j'ai préféré conserver les fausses pierres en souvenir d'une Florina de Dios que je n'avais pas connue.

Début juillet, j'ai touché du doigt la distance réelle qui me séparait de la mort. Mon cœur a perdu son rythme, et j'ai commencé à voir et à sentir de toutes parts les prémices sans équivoque de la fin. La plus nette s'est manifestée pendant le concert au théâtre de Bellas Artes. L'air conditionné était en panne, et la fine fleur des arts et des lettres mijotait au bain-marie dans une salle comble, mais grâce à la magie de la musique le climat était paradisiaque. Pendant l'*allegretto poco mosso* de la fin, j'ai été bouleversé par la révélation soudaine que j'étais en train d'écouter le dernier concert que m'offrait le destin avant de mourir. Je n'ai éprouvé ni douleur ni peur mais l'émotion foudroyante d'avoir eu la chance d'être arrivé jusque-là pour le vivre.

Lorsque enfin, trempé de sueur, je me suis frayé un chemin entre les photographes et les gens qui se donnaient l'accolade, je me suis trouvé nez à nez avec Ximena Ortiz, déesse de cent ans dans son fauteuil roulant. Sa seule présence s'imposait à moi comme un péché mortel. Elle portait une tunique de soie ivoire aussi resplendissante que sa peau, trois rangs de perles fines, ses cheveux couleur de nacre étaient coupés à la garçonne avec une pointe en aile de mouette sur la joue, et l'éclat de ses grands yeux dorés était rehaussé par l'ombre naturelle des cernes. Tout en elle contredisait la rumeur selon laquelle l'érosion implacable de la mémoire était en train de lui vider la cervelle. Pétrifié et ne sachant quoi dire devant elle, j'ai retenu la vapeur brûlante qui me montait aux joues et l'ai saluée en silence par une révérence versaillaise. Elle a souri telle une reine et m'a pris la main. Alors, j'ai compris que c'était là aussi un cadeau du destin – et je l'ai accepté –, pour arracher de mon cœur une épine qui me faisait mal depuis toujours. Je rêve de ce moment depuis des années, ai-je dit. Elle n'a pas semblé comprendre : Sans blague ! Mais qui es-tu ? Je n'ai jamais su si elle avait tout oublié ou si c'était là l'ultime vengeance de sa vie.

La certitude d'être mortel m'était tombée dessus peu avant d'atteindre la cinquantaine, un soir comme celui-ci, pendant le carnaval, alors que je dansais un tango bestial avec une femme phénoménale dont je n'ai jamais vu le visage, qui devait peser vingt kilos de plus que moi et me dépasser de dix centimètres, et se laissait pourtant conduire comme une plume dans le vent. Nous dansions si collés l'un à l'autre que je sentais son sang battre dans ses veines, et j'étais comme engourdi de plaisir par son souffle haletant, sa sueur ammoniaquée, ses nichons astronomiques quand, pour la première fois, le spectre de la mort m'a ébranlé et m'a presque renversé à terre. Un oracle impitoyable m'a soufflé à l'oreille : Quoi que tu fasses, cette année ou dans cent ans tu seras mort. Effrayée, elle s'est écartée de moi : Qu'avez-vous ? Rien, ai-je dit, essayant de retenir mon cœur : Je tremble pour vous.

Dès lors, je n'ai plus compté en années mais en décennies. Celle de la cinquantaine a été décisive, parce que j'avais pris conscience que presque tout le monde était plus jeune que moi. Celle de la soixantaine la plus intense, car j'avais cru ne plus pouvoir me permettre de faire des erreurs. Celle de soixante-dix à quatre-vingts a été terrible, car elle aurait pu être la dernière. Cependant, quand je me suis réveillé en vie le matin de mes quatre-vingt-dix ans dans le lit heureux de Delgadina, il m'est apparu que la vie ne s'écoulait pas comme le fleuve tumultueux d'Héraclite mais qu'elle m'offrait l'occasion unique de me retourner sur le gril et de continuer à rôtir de l'autre côté pendant encore quatre-vingt-dix années.

J'ai commencé à avoir la larme facile. Le moindre sentiment voisin de la tendresse me nouait la gorge et, comme je ne parvenais pas toujours à le maîtriser, j'ai pensé renoncer au plaisir solitaire de veiller sur le sommeil de Delgadina, non pas à cause de ma mort probable mais de la douleur de l'imaginer sans moi pour le restant de sa vie. Par une de ces journées nébuleuses, la distraction a conduit mes pas rue des Notaires, et j'ai été surpris de ne trouver que les décombres du vieil hôtel de passe où, peu avant mes douze ans, j'avais été initié de force aux arts de l'amour. L'hôtel avait été une demeure de vieux loups de mer, une des plus belles qu'on pouvait trouver en ville, avec des colonnes recouvertes d'albâtre ornées de moulures dorées et une cour intérieure couverte par une verrière de sept couleurs qui irradiait une lumière de jardin d'hiver. Le rez-de-chaussée, avec son portail gothique donnant sur la rue, avait abrité pendant plus d'un siècle les études notariales de la colonie où, tout au long d'une vie nourrie de rêves fantastiques, mon père avait travaillé et prospéré avant de se ruiner. Les familles historiques avaient peu à peu abandonné les étages, remplacées par une légion de tapineuses en disgrâce qui montaient et descendaient du soir au matin avec des clients levés pour un peso et demi dans les cantines du port fluvial tout proche.

A douze ans, encore en culottes courtes et en chaussures montantes d'écolier, je n'avais pu résister à la tentation d'aller faire un tour dans les étages pendant que mon père participait à l'une de ses interminables réunions, et j'avais assisté à un spectacle céleste. Les femmes qui bradaient leur corps jusqu'au petit jour circulaient dans la maison dès onze heures du matin, alors que sous la verrière la chaleur était déjà insupportable, et vaquaient aux travaux ménagers dans le plus simple appareil, en commentant à grands cris leurs aventures de la nuit. J'en suis resté terrorisé. J'étais sur le point de m'échapper par où j'étais entré, quand l'une de ces Eves aux chairs rebondies fleurant le savon de montagne m'a ceinturé par-derrière et m'a porté jusque dans sa cellule de carton sans même que je puisse la voir, au milieu des cris et des applaudissements des autres pensionnaires. Elle m'a jeté sur un grand lit à quatre places, m'a ôté mes culottes en un tournemain magistral et a entrepris de me chevaucher, mais la terreur glacée qui inondait mon corps m'a empêché de l'honorer comme un homme. Cette nuit-là, dans mon lit, je n'ai pu dormir qu'une heure à cause de la honte de cet assaut et de l'envie de la revoir. Si bien que le lendemain matin, tandis que les fêtards dormaient, je suis monté en tremblant jusqu'à son cagibi et je l'ai réveillée en pleurant à chaudes larmes, en proie à un amour fou qui a duré jusqu'au jour où la bourrasque de la vie l'a emporté sans miséricorde. Elle s'appelait Castorina, et elle était la reine de la maison.

Les chambres de l'hôtel coûtaient un peso par passe, et nous étions très peu à savoir qu'on pouvait y rester vingt-quatre heures pour le même prix. Castorina m'a introduit dans son univers de débauche, où on invitait les clients pauvres à des petits déjeuners somptueux, où on leur prêtait du savon, soignait leurs rages de dents et, en cas d'urgence, leur faisait la charité d'un peu d'amour.

Mais pendant les après-midi de ma vieillesse ultime personne ne se souvenait plus de l'immortelle Castorina, morte Dieu seul savait quand, qui avait grimpé les marches misérables de la jetée du fleuve jusqu'au trône sacré de grande maquerelle, un bandeau de pirate sur son œil perdu lors d'une bagarre dans une cantine. Son dernier gigolo régulier, un Noir chanceux de Camagüey qu'on appelait Jonás le Galérien, avait été l'un des grands trompettistes de La Havane, jusqu'au jour il avait perdu son râtelier complet dans une catastrophe ferroviaire.

A la fin de cette promenade amère, j'ai eu le cœur comme transpercé d'une douleur qu'au bout de trois jours aucun remède de la maison n'avait pu soulager. Le docteur que j'ai consulté d'urgence, membre d'une lignée d'éminents médecins, était le petit-fils de celui qui m'avait examiné quand j'avais quarante-deux ans, et j'ai eu peur en le prenant pour celui-ci, car il était aussi vieux que son grand-père à soixante-dix ans, à cause d'une calvitie précoce, de ses lunettes de myope incurable et de son air de tristesse inconsolable. Il m'a examiné des pieds à la tête avec la concentration d'un orfèvre, ausculté la poitrine et le dos, pris la tension, vérifié les réflexes, regardé le fond de l'œil et la couleur de la conjonctive. Pendant les pauses, tandis que je changeais de position sur la table d'examen, il me posait des questions si vagues et si rapides que j'avais à peine le temps de peser mes réponses. Au bout d'une heure, il m'a regardé avec un grand sourire. Bon, je crois que je ne peux rien pour vous. Que voulez-vous dire ? Que vous vous portez aussi bien que possible pour votre âge. C'est curieux, ai-je dit, votre grand-père m'a dit la même chose quand j'avais quarante-deux ans, comme si le temps ne passait pas. Vous trouverez toujours quelqu'un pour vous dire cela, parce que vous aurez toujours un âge. Moi, comme pour le pousser à prononcer un verdict fatal, j'ai répondu : quand on n'a plus d'âge c'est qu'on est mort. C'est exact, mais ce n'est pas facile d'y arriver quand on est en aussi bon état que vous. Je suis désolé de ne pas pouvoir vous rendre service.

C'étaient de nobles souvenirs, mais à la veille du 29 août, en montant les escaliers de chez moi, j'ai senti que j'avais des jambes de plomb et que le poids énorme du siècle m'attendait, impassible. Alors, j'ai revu une fois encore Florina de Dios, ma mère, dans mon lit qui avait été le sien jusqu'à sa mort, me bénissant comme elle l'avait fait deux heures avant de mourir. Bouleversé, j'ai interprété cette vision comme l'annonce de la fin et j'ai appelé Rosa Cabarcas pour qu'elle fasse venir ma petite le soir même, prévoyant que mon rêve de survivre jusqu'au dernier souffle de mes quatre-vingt-dix ans ne s'accomplirait pas. Je l'ai rappelée à huit heures et elle m'a répété que c'était impossible. Il le faut à tout prix, ai-je crié, terrorisé. Elle a raccroché sans un mot mais un quart d'heure plus tard elle rappelait : Bon, elle est là.

Je suis arrivé à dix heures vingt et j'ai remis mes dernières volontés à Rosa Cabarcas, avec les dispositions que j'avais prises pour la petite après ma fin atroce. Elle a cru que l'homme poignardé m'avait impressionné et m'a dit d'un air moqueur : Si tu as l'intention de mourir, ne le fais pas ici, imagine un peu. Mais j'ai répliqué : Tu diras que j'ai été renversé par le train de Puerto Colombia, ce pauvre petit tas de ferraille incapable de tuer qui que ce soit.

Ce soir-là, préparé à tout, je me suis couché sur le dos pour attendre le spasme final à la première seconde de mes quatre-vingt-onze ans. J'ai entendu des cloches dans le lointain, senti l'âme parfumée de Delgadina endormie sur le côté, écouté un cri au loin, les sanglots de quelqu'un peut-être mort un siècle auparavant dans la chambre. Alors j'ai éteint la lumière dans un dernier soupir, j'ai entrelacé mes doigts aux siens pour l'emmener avec moi, et j'ai compté les douze coups de minuit en même temps que mes douze dernières larmes, jusqu'à ce que les coqs se mettent à chanter, les cloches à sonner à toute volée et les pétards à exploser pour me féliciter d'avoir survécu sain et sauf à ma quatre-vingt-dixième année.

Mes premiers mots ont été pour Rosa Cabarcas : Je t'achète la maison, la boutique et le jardin. Faisons plutôt un arrangement entre vieux m'a-t-elle dit : celui qui mourra le premier laissera à l'autre tout ce qu'il possède, et on signe devant notaire. Non, parce que quand je mourrai, je veux tout laisser à la petite. C'est pareil, a dit

Rosa Cabarcas, je me charge de la petite et après je lui laisse tout, ce qui est à moi et ce qui est à toi ; je n'ai qu'elle au monde. Entre-temps, on refait la chambre avec tout le confort, l'air conditionné, tes livres et ta musique.

— Tu crois qu'elle sera d'accord ?

— Ah, mon pauvre ami, en plus d'être vieux tu es con, a dit Rosa Cabarcas en éclatant de rire. Cette pauvre gosse est dingue de toi.

Je suis sorti dans la rue, et pour la première fois je me suis vu à l'horizon lointain de mon premier siècle. Ma maison, silencieuse et en ordre à six heures et quart, resplendissait des couleurs d'une aurore bienheureuse. Damiana chantait à tue-tête dans la cuisine, le chat ressuscité est venu se frotter contre mes jambes et m'a suivi jusqu'à ma table de travail. J'étais en train de ranger mes vieux papiers, l'encrier, la plume d'oie, quand le soleil a jailli entre les amandiers du parc et que le bateau fluvial de la poste, en retard d'une semaine à cause de la sécheresse, est entré en mugissant dans le chenal du port. C'était enfin la vraie vie, mon cœur était sauf et j'étais condamné à mourir d'amour au terme d'une agonie de plaisir un jour quelconque après ma centième année.

Du même auteur :

DES FEUILLES DANS LA BOURRASQUE, Grasset.

PAS DE LETTRE POUR LE COLONEL, Grasset.

LES FUNÉRAILLES DE LA GRANDE MÉMÉ, Grasset.

LA MALA HORA, Grasset.

CENT ANS DE SOLITUDE, Le Seuil. (Prix du meilleur livre étranger.)

L'INCROYABLE ET TRISTE HISTOIRE DE LA CANDIDE ERENDIRA ET DE SA GRAND-MÈRE DIABOLIQUE, Grasset.

RÉCIT D'UN NAUFRAGÉ, Grasset.

L'AUTOMNE DU PATRIACHE, Grasset.

L'AMOUR AUX TEMPS DU CHOLÉRA, Grasset.

CHRONIQUE D'UNE MORT ANNONCÉE, Grasset.

LE GÉNÉRAL DANS SON LABYRINTHE, Grasset.

DES YEUX DE CHIEN BLEU, Grasset.

DOUZE CONTES VAGABONDS, Grasset.

DE L'AMOUR ET AUTRES DÉMONS, Grasset.

JOURNAL D'UN ENLÈVEMENT, Grasset.

VIVRE POUR LA RACONTER, Grasset.

Composition réalisée par P.C.A

Achevé d'imprimer en août 2006 en France sur Presse Offset par

BRODARD & TAUPIN

GROUPE CPI

La Flèche (Sarthe).
N° d'imprimeur : 36602 – N° d'éditeur : 73771
Dépôt légal 1re publication : septembre 2006
LIBRAIRIE GÉNÉRALE FRANÇAISE – 31, rue de Fleurus – 75278 Paris cedex 06.

31/1684/5